緋文字の断層

斎藤忠利 編

開文社出版

目次

緋文字の断層

天国の噂

──『緋文字』／ラブ・ストーリー──

青山義孝

「わたしたち、もう会うことはないの？……わたしたち、とこしえの暮らしをともにすることはできないの？　ねえ、そうでしょう、わたしたちおたがいの罪をあがなうのに、こんなにも苦しんできたじゃないの！　光り輝く末期の眼で、はるか永遠の世界を見てるんでしょ！　だったら教えて、何が見えるの！」（二五六）

事切れんとするディムズデイルに向かって必死に問いかけるヘスター。アメリカ文学史上ひときわ胸を打つ名場面である。「来世であいまみえ、きよらかに永遠に結ばれる」（二五六）ことを夢見るこのヘスターの切ない願い、果たしてかなえられるのか。救いの象徴としての聖なる結婚（エイブラムズ、三七－四六八）、このいかにもロマン主義的なテーマが『緋文字』を読み解く鍵である。

1

* * * *

死後、この世の時間が終わった後の永遠の未来においていったい人間はどうなるのか。天国は存在するのか。存在するとすれば、天国での生活はいかなるものなのか。こうした問いがすべての宗教の深奥に至る鍵であると同時に文化を読み解く鍵であると言って差し支えないであろう。

中世以降、西洋の天国観は大きな変貌を見せた。一七世紀中葉、ババリアのノイブルグで、ルーベンスの巨大な最後の審判の絵が、イエズス会士の手によって教会の祭壇の上から取り外されるという事件が起きた。そこに描かれているのが肉感的な女体像であるばかりか、天国で再会をはたした恋人同士であることが暗示されていて、いかにも無法なルネサンス芸術の忘れ物が置き去りにされているように見えたからである（『天国』一七七）。マクダネルとラング共著の『天国』に詳述されているように、中世における天国は至高天にあり、天国での生とは神の知識を得ることに他ならなかったのが、ルネサンスに入ると天国は恋人たちや聖者が死後再会をはたす場所となった。その天国観が宗教改革とともに大きく様変わりしてもう一度神中心の天国に逆戻りする。その神中心の天国像に戻った天国観が、宗教改革の熱が冷め、世俗化が進むとともに崩れはじめ、ロマン主義の時代を迎えることとなる。ロマン派にとって天国は愛するもの同士の永遠の結合の場であった。天国に存在する愛こそが真の愛なのであって、制度的な障壁など認められるべくもなかったのである（『天国』二二九）。

この世の結婚が天国にも持ち越されることはあるまい。この世のような不完全な世界が愛の自由な表現を制約する限り、この世の結婚が時間的に先だからといって天国での結びつきに影響を及ぼさなければならないというものでもあるまい。『扉の彼方』でこう予言したのは一九世紀後半のベストセラー作家エリザベス・スチュアート・フェルプスである。一八六八年、弱冠二四歳にして発表した『開かれた扉』はたちまちベストセラーとなり、三〇年あまりの間に英米で合計一八万部を売り尽くした。これをしのぐものといえばわずかにストウ夫人の『アンクル・トムの小屋』があるのみである。

『扉の彼方』の結末でメアリーは、この世ではほかの女性と結婚していた自分の本当の恋人に出会い、「わが不滅の魂の魂」(一九一二)として求婚される。ふたりはキリストによって祝福され、その祝福のおかげでふたりの人間的愛は神聖な愛に高められ、天国での暮らしがふたりの人間的愛が息づきうる唯一の場所であるかのように見えてくる。

ロマン主義者は天国を、愛する者同士が永遠に結ばれる場として描いた。ルネッサンス期に交わされた約束事でありながら、一六世紀から一八世紀に至る間の宗教改革者にはすっかり無視されてきた考えを展開させていったのである。ブレイクがその芸術で表現した天国の愛とは、天界の愛についてのロマン派的考え方に顕著な特徴を示していたと言ってよい。ロマン主義の時代には二律背反の総合が試みられ、美術や文学や哲学を通して、対立物の統合――つまり主体と対象、生と死、男と女、善と悪、輝ける熱狂と冷静な自制などの統合――が樹立されることが可能とされ、天国がそうした対立する諸原理の究極的に融合する場となった。男と女は抽象的なものとしてであれ、現実の人間としてであれ、死後合一と了解を達成する。地上で愛し合う二人を分断したものはなんであれその姿を消し、愛はその最高の段階において経験されることになる。愛はその十全な成就が追求されるものと考えられ、したがって地上では満たされることはなく、天国という完璧な世界ではじめて成就されることになった（『天国』二四五）。

こうしてロマン主義の時代に愛は天国で完成をみることとなるが、一九世紀の近代的な天国は、神中心的ではもはやなく、天国の愛はあくまでも男女二人に中心を置いている。神はただ遠くから見守るものとして恋人たちの楽園に視線を注いでいるだけであり、それに能動的に加わっているというのではない。神よりもむしろ恋人の存在を意識する方が、詩人の描き出す天国では第一の眼目であった。救いはロマン主義的な愛を通してやってくるのであって、恩寵なり、教会なり、倫理的規範を通してではない。天国は大地に併合され、神はその重要性を喪失したのである（『天国』二七四）。

＊　＊　＊　＊

一七世紀後半、植民が始まっておよそ半世紀と思しきころ、ボストンの墓地に新しい墓が掘られた。そばには何十年か前に掘られたらしい、すでにくぼんでしまっている墓がある。あいだには隔たりがあってそこに眠るふたりの亡き骸にはまじり合う権利などないかのように見える。まじり合う権利などないかのごとく見えるところから推して、ここに眠るふたり、生前の関係は正式な婚姻関係などではなく、どうやら不倫関係にあったらしい。少なくとも古い墓がチリングワースのものでないことだけは歴然としている。が、よく見るとふたつの墓をひとつの墓石が結んでいる。ともあれ、ピューリタンたちの粋な計らいにより、このふたり死後の世界では永遠の清らかな邂逅を楽しんでいるように見受けられる。

それは確かにあの古く落ちくぼんだ墓のそばに掘られたが、そのふたつの墓穴のあいだには隔たりがあって、ここに眠るふたりの塵にはまじりあう権利がないかのようであった。しかし、ひとつの墓石がふたりの橋渡しをしていたのである。（二六四）

こうして墓のあいだには隔たりがあるが、ひとつの墓石がふたりの橋渡しをしていると告げることによって、ホーソーンはきわめて象徴的にヘスターとディムズデイルの現世の姿と来世の姿のコントラストを描いて見せる。この『緋文字』の中でも極めつけと言える象徴的な文章をねじ曲げて、ひとつの墓石がふたりの橋渡しをしているが、ふたつの墓のあいだには隔たりがあると読んだり、あるいは隔たりがあることのみをことさら強調して、ホーソーンがこの墓の描写に託した象徴性を、さらには『緋文字』全体を悲観的に解釈しようとする読みが根強くある。が、しかし、こうした読みは不自然であるばかりか、強引な誤読と言わざるをえない。少なくとも原文はそのようには書かれていない。ホーソーンが読者に授けた最後の鍵をねじ曲げなければならないのは、作品全体の読みそのものが問題をはらんでいる何よりの証拠である。

ホーソーンはこの最後の墓の描写に至るまでにいくつかのからくりを仕掛けているのでそれをたどってみよう。ヘスターはボストンにいつづけなければならないと宣告されたわけではないのにボストンを離れようとしない。その理由をホーソーンはこう記している。

> その土地には、ヘスターがある絆で結ばれていると思っている人物が住んでいた。この地上においてこそ認められないけれども、最後の審判の席にふたりを導き、ふたりの永劫の報いとして、その法廷を結婚の祭壇に変えてしまう絆なのであった。（八〇）

この文が墓の描写の伏線となっているのは誰の目にも明らかであろう。ふたりの墓を結ぶひとつの墓石は、深い絆によって最後の審判の席が結婚の祭壇へと変容したヘスターとディムズデイルのふたりを象徴する。ホーソーンは時を表すちりに現世を象徴させ、永遠を表す墓石に来世を象徴させることによって、この世では認められない不倫の間柄ではありながら、ヘスターとディムズデイルの愛を来世で成就させる。こうして、「つぼみのように若いおまえをたぶらかして、老いぼれのこのわたしといつわりの不自然な関係を結ばせたのだ」（七五）と、当のチリングワース自身も認める、ヘスターとチリングワースの不自然でいびつな地上における婚姻の関係よりも、ヘスターとディムズデイルのひたむきで純粋な天国における真の愛による結びつきに勝利の女神がほほ笑むこととなる。

ところでホーソーンは、このヘスターの思いが心の奥底から浮かび上がってくるさまを「蛇が穴から出るように」と形容している。しかも「いくたびとなく、魂の誘惑者はこういう思いをヘスターの心に忍び込ませ、ヘスターが胸焦がれんばかりの必死の喜びをあらわにしてすがりついては払いのけようとするその姿をあざ笑うのであった。ヘスターはこの思いを正視することなどさらさらなく、あわててもとの土牢に封じ込めようとしたのだ」(八〇)。こうした表現からも伺えるように、ヘスターには、天国での再会という願い自体、ピューリタンの世界にあっては許されるはずのない罪深い性質のものであるという自覚がある。天国での再会は『緋文字』では反ピューリタン的な、すなわちロマン主義的なヴィジョンなのである。

ディムズデイルは町の有力者たちに「この母親と子供の関係には何やら畏怖すべき神聖なところがないでしょうか?……そうにちがいありません……もしそうでないとしましたら、生きとし生けるものの造り主であられる天の父は、罪の行為を軽く見られて、汚らわしい情欲と神聖なる愛との区別をないがしろにされたことになりましょう」(一一四)と訴えるが、この汚らわしい情欲と神聖なる愛の違いが、ヘスターとチリングワースの関係とヘスターとディムズデイルの関係の違いと言えよう。キリスト教は「産めよ、増やせよ、地に満ちて地を従わせよ」という創世記第一章第二八節の神のことばを至上命令とするあまり、避妊や自慰行為はもとより受精に結びつかない性行為をすべて汚らわしい情欲に駆られた罪深い行為とみなすことさえある。チリングワースの言う「いつわりの不自然な関係」が具体的に意味するところは定かでないが、このふたりの間に子供の誕生が望みうべくもなかったらしいことは容易に想像がつく。さらにディムズデイルがヘスターとパールの間に神聖なところがあることを強調し、ヘスターとの愛を神聖なる愛とみなしていることから、私生児として生まれてはいながら、パールが両親が望んでもうけた子であることもまた明らかとなる。まさしくパールは「神の計らいの賜物」（一一四）に他ならない。

もしもパールが霊界《スピリチュアル・ワールド》から訪れていなかったとしたらヘスターはアン・ハッチンソンと手をたずさえて青史にその名をとどめていたかもしれない、とホーソーンは言うが、パールの属性として注目すべきはこの霊性である。パールの「汚れなき生命は、はかりがたい神の摂理によって、罪深い情熱の奔放さから生まれた不滅の花であり」、その小さな目鼻立ちにたゆたう「知性《インテリジェンス》のひらめき」（八九）を観察するにつけ、ヘスターは奇妙な思いにとらわれる。ヘスターはパールを理解することができず「妖精《スピリット》を呼び出してみはしたものの、呪文の手順がくるってしまい、この新しく不可思議な霊《インテリジェンス》をおさえつけるまじないの文句をみつけられなくなってしまったような人の気持ち」（九三）を味わう。またパールに備わる「妖精のような知性《インテリジェンス》」（九六および一〇六）は「ムッシュー・デュ・ミロワール」でホーソーンが使っている言葉を借りれば、「神の叡智《ディヴァイン・インテリジェンス》」（一七二）でもある。かくして霊界からの訪問者であるパールは「生まれつきの気品《ネイティヴ・グレイス》」という「生得の恩恵《ネイティヴ・グレイス》」（九〇）と「神の叡智」とを備えた「不滅の魂」（一一〇）ということになる。

　ところでこの霊と魂の関係は複雑な問題をはらんでいるので説明をしておく必要があろう。『聖書思想事典』によれば、聖書における魂とは、けっして肉体とともに人間存在を構成する一つの部分ではなく、命の霊によって生かされている人間全体をさす言葉である。魂は肉体に宿っているのではなく、肉体を通して自己を表現しながら、肉体と同様に人間存在の全体を意味している。プラトニストたちは、魂は現在は肉体のなかにいるけれども、やがてはそこからでてゆき、肉体とは独立した自存的な存在になろうと指向していると考えたが、聖書は息を、それが生かしている肉体とは不可分のものと考える。魂は、命の徴ではあるけれども、命の源ではない。これが聖書の考え方とプラトン的な考え方とを隔てる重要な相違点である。後者の考えでは、魂は霊的な世界と同一視されており、そして魂は、この世界からいわば流出して人間に真の自律性つまり命を与えるものとされている。ところがキリスト教にとっては、命の源は魂ではなく、神の霊そのものである。けっして「死ぬ」とはいわれず神に「帰る」といわれる霊とは異なり、魂は、骨や肉のように「死んだり」「死にわたされたり」する。人間の不死の教えを、魂は霊的なものであるという考え方と同一視してはならない。神は、魂のなかに、時がくれば芽ばえる永遠の種を入れている。いつか、人間全体がふたたび「生きた魂」つまりパウロがいうように「霊的な体」となり、完全な姿で復活する（五五七－六〇）。以上がキリスト教の霊・魂・肉体の考え方である。

　キリスト教が魂不滅説を標榜していた一九世紀には、霊と魂の区別があいまいであった。自身が信仰をもっていたかどうかの問題はさておくとして、キリスト教の教義を丸ごと受け入れていたホーソーンにとっても、当然のことながら霊と魂の区別はあいまいであったに違いない。その証拠に「痣」の最後で天上へと飛び立っていくとされたのはジョージアナの「魂」(五六)であって「天使のような霊」(五五)ではない。しかしながら、「肉体から遊離した」という意味の形容詞“disembodied”をホーソーンは全作品中で合計八回使用しているが、そのうち四回が霊を修飾させており、魂を修飾させた例はない。霊と魂を峻別していたかどうかは定かでないが、ある程度の区別はしていたとみなして差し支えないであろう。

事切れて天国へ召されるディムズデイルの姿をホーソーンは次のように描写している。

この最後の言葉は牧師の消えゆく息とともにもれ出た。それまで静まりかえっていた群集は、恐れとおののきと驚きのみちた異様な低い声を吐き出したが、それは去りゆく霊を追ってまことに重々しく流れ出たこのつぶやきとしてしか表しようがなかったのであった。(二五六—五七)

ここに描かれている「消えゆく息」と「去りゆく霊」は誕生のときに神により吹き込まれた息が死に際して神の元に帰っていく姿である。

ところが、「痣」でのジョージアナの死の描写はこれとは少し異なっている。痣を絆として霊と肉体が結合しているのだが、ジョージアナの死とともに天上へ帰っていくのは霊ではなく魂である。

悲しいことにその通りだった！　あの宿命的な手は生命の神秘をしっかりとつかんでいたのだ。天使のような霊が死すべき肉体と結合するための絆だったのだ。痣という人間の不完全性を示すあのただ一つの象徴の最後の真紅の色合いがジョージアナの頬から消えていくにつれて、今や完全無欠となった女の今際の息が吐き出され、魂も、しばし夫のそばをたゆたった後に天上へと飛び立っていったのである。その時、またもやしわがれたくすくす笑いが聞こえた！　こうして常に地上の俗悪な運命は不滅なる霊性に勝利をおさめ歓喜に浸るのである。不滅の霊性とはいえ、この薄暗い途上の領域にあって、上なる領域の完全なる姿を求めたからにほかならない。とはいえ、もしエイルマーがいっそう深い英知に到達していたならば、あの幸せをこのようにして投げ棄ててしまう必要などなかったに違いない。あの幸せに浸っていれば、この世の生命が天上のものと寸分たがわぬ生地で織りあげられていたことであろう。一時的な状況がエイルマーに強烈すぎたのだ。暗い時間の世界のかなたを見ることができずに、一気に永遠の世界に駆け込んでしまい、現在の中の完全なる未来を見いだせなかったのである。（五五－五六）

霊は不滅でありながら、この地上に存在するには痣が表す不完全性の象徴を絆とするほかはない。それゆえ「不滅の霊」と言えども地上という薄暗い中間の領域にありながら、天上における完全なる姿を求めることはできない。地上にありながら地上性を捨てては地上で存在することはできない。完全なる未来が現在の中にしか見出せないように不滅の霊性がこの地上で死すべき肉体をまとうことなく存在することは不可能である。キリスト然り、人間に宿る聖霊然り。完全なる未来が歴史に介入してくることによって歴史が、時間が意味を与えられるように、霊が肉体に命を与える。それが生命の神秘である。さらに罪と死という地上性をまとわない限り、霊は地上に降りることはできない。この地上に降りた霊がパールであり、緋文字である。

真夜中のさらし台の上で手を結び合ったヘスターとパールとディムズデイルの三人をホーソーンはこう描く。

牧師はパールのもう一方の手をさぐってにぎった。その瞬間、自分のとはちがう新しい命のほとばしりが、激流のように心臓に流れ込み、全身の血管をかけめぐるように思われた。まるで母と子がその命のぬくもりを麻痺しかけた牧師の肉体にそそぎこんでいるようであった。三人は電流のかよう環となったのだ。(一五三)

パールから激流のように流れ込む「新しい命のほとばしり」は、『自然』の森の中でエマソンの体をかけめぐる普遍的存在者の流れでもある。霊界からの訪問者であり、「生得の恩恵」と「神の叡智」とを備えた「不滅の魂」であるパールは、エマソンの言う普遍的存在者にも等しい存在である。それかあらぬか、パールの「創造力あふれる精神」からは「命を授ける魔法の力」（九五）がほとばしりでる。まさしく霊は命の源である。それゆえジョージアナの痣は「生命の神秘」をしっかりとつかみ、「天使のような霊が死すべき肉体と結合するための絆」（五五）となり、ヘスターからパールを取り上げようとするボストンの有力者たちに対して訴えるディムズデイルの切実なことばの中にあるように、パールという「この恩恵《ブーン》の意図するところは、ほかの何ものにもまして母親の魂に命を与える」（一一四）こととなるのである。

「痣」では霊と魂の混同が見られるが、これは魂不滅説としてのキリスト教の立場からは当然のことと言える。そうした意味でディムズデイルの死に際して「去りゆく魂」ではなく「去りゆく霊」と表現されている点、すなわち天上へと飛び去っていくのは霊であって魂ではないとされている点が興味をそそる。ただし森からの帰り道でディムズデイルが魂不滅説を否定しそうになる場面では、魂の不滅性の否定がすなわち悪魔の思想とみなされていることを考えると、肉体とともに魂も死滅するとするモータリズムの立場をとったジョン・ミルトンをホーソーンが愛読し、またすでにホーソーンの時代にも、異端とみなされながら多くの思想家が肉体と共に魂も死ぬとの見解を抱いていた事実があるとはいえ、ホーソーンがモータリズムから何らかの影響を受けたとは考えにくい。「パールが霊の世界から魂を吸収」

（九一）するとの表現からも伺えるように、ホーソーンにあっては霊と魂の区別は明白ではない。あいまいながら、魂の中に宿る霊によって魂自体が不滅性を帯びて霊と魂が渾然となっていると考えていたとみなすべきであろう。したがって魂の不滅性を否定することは魂の中に宿る聖霊を汚すこと、すなわちホーソーンの言う許されざる罪になるのである。ホーソーンは魂不滅説を標榜するキリスト教という時代の制約を受けながら、思索を重ねた作家とみなすべきであろう。

＊　＊　＊　＊

『緋文字』が一九世紀のホーソーンによって書かれた一七世紀のピューリタンの物語である点を勘案すれば、ホーソーンが反ロマン主義者であったと考えても、冒頭に引用したヘスターの悲痛なまでの願いに読み取るべきはロマン派の天国観であろう。

「静かに、ヘスター、静かにしておくれ！……ふたりの破った掟！――いまこうして恐ろしくもあらわになった罪！――それだけを考えておくれ！　恐いんだ！　不安なんだ！　こういうことなのかもしれない。ふたりが神を忘れてしまったとき――おたがいの魂を敬う気持ちをうしなったとき――そのときから、来世であいまみえ、きよらかに永遠に結ばれる希望はかなえられなくなったのかもしれないな。神は何もかもご存じだし、慈悲深くあられる！……みこころが行われますように！　さようなら！」（二五六－五七）

ここでのディムズデイルの戒めの言葉に神中心の天国観をうかがうことはできない。ヘスターの問いかけに対する回答である点を差し引いても、たとえばカルヴィンなどが説いた神との合一という至福のヴィジョンといったものが完全に姿を消していると言わざるを得ない。「ふたりが神を忘れてしまったとき――おたがいの魂を敬う気持ちをうしなったとき」とは言うもののその言わんとするところはあくまでも「来世であいまみえ、きよらかに永遠に結ばれる希望はかなえられなくなったのかもしれないな」というヘスターとの再会のヴィジョンであって神との合一を目指しているのでないことは明らかである。しかもその天国での再会の夢はかなわぬのではないかと言う。ただしディムズデイルの不安の因は天国での再会のヴィジョンが不敬であるからというのではなく、姦淫の罪性を認めず悔い改めをするに至っていないヘスターの不信仰ゆえに不可能であろうと言っているのである。

ディムズデイル自身の悔い改めに関しては、森から下宿へ帰った時点で、第九章でダビデとバテシバの罪を糾弾した《災いを告げるタペストリー》を《慰めに満ちたタペストリー》として言及したり、ヘブライ語の聖書から預言者に語りかけさせ、神の声を響き渡らせることによって、ホーソーンはきわめて象徴的にまた巧妙に描写している。その直後、ディムズデイルに霊感が訪れる。

それから書きかけの祝賀説教の原稿を火にくべると、たちまち新しい原稿にとりかかったが、思想と情感が激流のようにあふれ出てきたので、霊感を授かったのではないかと思ったほどであった。自分のように穢れたパイプ・オルガンを通して偉大荘厳な神託の音楽を伝えることを神がよしとしたもうたことをただただ驚くばかりであった。しかしその神秘はおのずと解けるにまかせるか、あるいは永遠に解けないままにしておくことにして、ひたすら忘我の状態で仕事に打ち込んだ。（二二五）

キリスト教はすべての人間が誕生のときに神の息を吹き入れられ、死のときにその息を神に返還するものと考える。士師や預言者など特に英雄的な人物たちは神からの使命を負い得る強さを持ったために、より多くの神の息を吹き入れられた者と信じられたが、これが霊感を受けた者、すなわち霊（息）を吹き込まれた者である（『キリスト教神学事典』五九四）。こうしてディムズデイルは生まれ変わる。これが生まれ変わりの宗教としてのピューリタニズムにおける回心である。

……からだも前かがみではなく、手も不吉に胸の上におかれてはいなかった。しかし、牧師を正鵠を射た目で見れば、その活気が肉体的なものではないように見受けられた。その活気は霊的なもので、おそらく天使の力添えによって授けられたものであった。……たしかにディムズデイルの肉体は、尋常ならざる力強さで前進していた。しかし、精神はどこにあったのか？　精神はその領域のはるか奥深いところにあって、尋常ならざる活動力を発揮しながら、そこからまもなくほとばしり出るはずの堂々たる思想の流れを整えるのに多忙をきわめていたのである。（二三八―三九）

この時点のディムズデイルはもう罪を隠そうとはしない。胸の上に手を置いていないことがその証拠である。すでにディムズデイルは自らの罪を認識し、告白への道を歩んでいる。森の中でヘスターの誘惑によって惹き起こされた偽りの高揚感から急転直下のこの変化をもたらしたのが回心であり、その結果たどり着いたのが「苦渋に満ちた知識」である。

そういう自分はもういない！　森から別人になってもどってきたのだ！　賢い人間、以前の単純な自分にはとうてい計り知れない、隠された神秘についての知識をそなえた人間となったのだ！　が、それはなんと苦渋に満ちた知識であったことか！　（二二二）

しかしながら、「これほどまでに霊によって霊化された」（二五一）ディムズデイルから、やがて役割を終えた霊は神の元へと戻っていく。

勝利のさなかにあるというのに、牧師はなんと弱々しく青ざめて見えたことか！　あの活気は――いや、むしろ、その力強さをお告げともども天からさずかった神慮を伝え終えるまで、牧師を支えていたあの霊感は――その役割を忠実に果たしたいまとなっては、天に召し上げられてしまったのである。（二五一）

そしてヘスターの願いとディムズデイルの不安に対するホーソーンの回答が「一つの墓石がふたりの橋渡しをしていた」という作品の最後を飾る証言である。

＊　＊　＊

中世からルネサンス、宗教改革を経てロマン主義の時代へと大きく様変わりをしていった西洋の天国観変遷史の中に『緋文字』を位置付けるとき、ホーソーンの立場はきわめてロマン主義の立場に近いと言わざるを得ない。神学的な側面では、たとえば罪、悔い改めなどといった問題に関しては一七世紀のピューリタンよりもさらにカルヴィンに近いと言えるホーソーンだが、愛の問題に関しては、特にヘスターとディムズデイルのふたりに天国での再会をはたさせるあたり、明らかにロマン主義的であると言えよう。カルヴィニズムとロマン主義との間のこの緊張が『緋文字』のエネルギーとなっていることはすでに多くの論者の指摘するところである。

森でのヘスターとディムズデイルの出会いをホーソーンは肉体から遊離した霊の出会いになぞらえている。

暗い森でのふたりの出会いはあまりにも奇妙だったので、まるで墓場のかなたの世界で、現世では親しく睦みあっていたふたつの霊が、寒々とふるえながらお互い同士を恐れながら立ち尽くしているのに似ていた。今の状態になれていないのか、肉体から遊離した霊とのつき合いにとまどっているのだ。

ともに霊でありながら、相手の霊におびえていたのだ！（一九〇）

これがヘスターとディムズデイルの来世での肉体から遊離した霊としての出会いの予型である。ここにも神の姿はない。ピューリタンの時代の天国観では、神と霊との合一のヴィジョンが中心であった。ところが、ここでもホーソーンは神との合一、至福の見神のヴィジョンには触れない。あくまでもヘスターとディムズデイルの、つまりは愛するもの同士の出会いを描くのみである。

来世でのヘスターとディムズデイルの愛の成就に重要なかかわりをもつのが、先の「深い絆」が人の形をとって現れたパールであり、緋文字である。ディムズデイルが訴えるように「パールをこの世に在らしめることによって神がなされた荘厳な奇跡」とは世俗化された幸運な堕落の謂いであり、「もしヘスターが子供を天国に導くならば、子供もまた親を天国に導くことになる」（一一四－一五）ことにほかならない。しかも「神は、人間がこのように罰した罪の直接の結果として、その名誉を汚された同じ胸に抱かれるように、かわいい子供を授けたのである。その親を永久に人類とその末裔に結びつけ、ひいては天において祝福される魂となるようにとのはからいであった！」（八九）とホーソーンは言う。

時には、恐ろしい疑惑がヘスターの魂をとらえ、パールをさっさと天国に送り出して、自分自身は裁きの神が定めるがまま、どんな来世にでも行ってしまうほうがましではないか、と思うことがあった。

緋文字はその役割を果たしていなかったのである。(一六六)

時折り自暴自棄になったヘスターは、パールを殺して自分は地獄へ落ちてもよいとさえ思うこともあったのだが、そのような地獄に落ちてもよいという自暴自棄な思いに誘われること自体、緋文字の役割に反することなのだとホーソーンは言う。緋文字の、そして生きた緋文字であるパールの役割とはまさしくヘスターを天国に導くことである。

そこでは刺繡された文字は、この世のものならぬ光をはなってほの暗く輝き、なぐさめをもたらした。別のところでは罪のしるしであっても、病室のともし火であった。臨終の床に苦しむものには、その光は時間の境界をこえて輝きわたることさえあった。この世の光は急速にうすらぎ、かといって来世の光がまだ見えないとき、病める者がどこに足を下ろせばよいのか照らし出してくれた。……例の文字はヘスターの天職の象徴であった。(一六一)

地上と天上、現世と来世を結ぶ掛け橋が霊の象徴としての緋文字である。時間の境界を超えて輝きわたるこの緋文字は現在の中に存在する完全なる未来としての痣でもある。痣がそうであったように緋文字は永遠への入り口なのである。

神は、人間がこのように罰した罪の直接の結果として、その名誉を汚された同じ胸に抱かれるように、かわいい子供を授けたのである。その親を永久に人類とその末裔に結びつけ、ひいては天において祝福される魂となるようにとのはからいであった！……この幼児はエデンの園に生れ落ち、世界の最初の親であるアダムとイヴが追放されてからも、そこに残って天使たちの玩具となる資格を備えていた。完璧な美につねにそなわるとはかぎらない生まれつきの気品が、この子にはあった。（八九－九〇）

とホーソーンは言うのだが、パールに備わっているとされる「生まれつきの気品」は「生得の恩恵」でもある。神によってヘスターに賜物として与えられた恩恵である。このように見てくることによって初めてヘスターとディムズデイルの二人を悪魔の誘惑から守り、最終的に救いへと導くという「緋文字の役割」（一六六）、生きた緋文字としてのパールの役割が理解でき、さらに緋文字がヘスターの「天職［＝召命］の象徴」（一六一）とされる理由が理解できるのである。因みに、召命（天職）を持つということは神との生きた関係の中へ再び呼ばれることである。神の養子となることであり、そのようなものとして生きることである。この召命の象徴が緋文字なのであり、パールなのである。恩恵としてのパールは、これもまた神からの贈り物である信仰としてのフェイス（「ヤング・グッドマン・ブラウン」）に似ている。

ある意味でパールはフェイスの生まれ変わりである。赤い衣服に身を包んだ白い真珠パールはフェイスのピンクのリボンを髣髴させる。神の色、キリストの色としての白、マリアの花としての白い薔薇とヴィーナスの花としての赤い薔薇、キリストの受難の血を象徴する花としての赤い薔薇、などの色彩の象徴性を踏まえた上で白と赤の中間色としてのピンクに注目すれば、ピンクは神と人間、聖と俗、天と地を結ぶ中間の色と見なすことができよう。堕落後の人間に残された神へ至る唯一の道である「信仰」を象徴する色としてピンクは正しく格好の色と言える。ピンクのリボンが果たすはずでありながら果たせぬままに終わった役割が、生きた緋文字パールに託されることとなったのである。

キリスト教の言う信仰とは「望んでいる事柄を確信し、見えない事実を確認すること」(ヘブル書一一・一)である。神の実在、力、そして愛に対する確信に満ちた、従順なる信頼のことであり、それらが将来成就完成されるのを待ち望むことである。聖書の思想は常に希望を神の約束に基づくよき未来への期待として理解してきた。天と地とを新しくする神の栄光の満ちる国における神自身の永遠の臨在こそが希望の目標である。希望という行為は、現在を期待される未来に向かって延長したものではなく、約束された未来そのものを先取りすることである。この未来は、神の未来への希望において、現在すでに働いているものなのであり、これが、ホーソーンが言う、現在の中に完全なる未来を見るという行為である。この現在の中に完全なる未来を見ることこそが信仰である。かくして希望は信仰の分かちがたき同伴者となる。また神学、特に改革派の神学においては、信仰は聖霊によって神が作ったものと論じられるのが普通である。信仰とは神の賜物であって人間の力ではない。信仰が神の賜物であるというのは、人間は堕罪において全的に堕落しているので信仰を持つ力もないという理由による。そこで神が恩恵の契約によって授けたのが信仰である。これがフェイスであり、パールである。
ホーソーンは罪の子パールを「あの小さきものの無垢な生命は、測り知れない神慮によって、罪深い情欲のおいしげる泥沼から、美しい不滅の花となって咲き出たのであった」という描写で登場させているが、ホーソーンにとって重要なのは、パールに備わっている霊性と「無垢」と「不滅性」である。しかも「罪悪の直接の結果」として神がパールをヘスターに授けたのは、「恥辱のしるしと同じ胸にいだかれてはいるものの、母親を永久に人間家族と結び付け、やがては天国に召される魂とするためではないだろうか！」とほのめかして、「その結果が好転するだろう」（八九-九〇）という幸運な堕落の可能性を示唆する。

パールはふたりの存在がひとつになった姿である。以前に犯した悪がどうであれ、ふたりが出会うばかりでなく、未来永劫にわたってともに生きつづけることのできる、肉体的な結合であると同時に精神的な表現でもあるパールを目の当たりにしている今、ふたりの地上での生活と来世での運命がないあわされている事実をどうして疑うことができようか？（二〇七）

こうして最後の審判の席を婚姻の席に変えるというヘスターの願いが成就する。

それは確かにあの古く落ちくぼんだ墓のそばに掘られたが、そのふたつの墓穴のあいだには隔たりがあって、ここに眠るふたりの塵にはまじりあう権利がないかのようであった。しかし、ひとつの墓石がふたりの橋渡しをしていたのである。(二六四)

ラドウィグの研究が明らかにしているように、一七、一八世紀のピューリタンは墓石の装飾を通して霊界の思想を表現した(五)。「人間の弱さと悲しみの物語の暗い結末をやわらげる」(四八)ために、ホーソーンはヘスターとディムズデイルの来世での再会をひとつの墓石に託した。墓石には「人間の弱さと悲しみの物語の暗い結末をやわらげる」赤いバラとして「黒キ紋地ニ赤キ文字A」が刻まれ、「ひとつの墓石」のそばで耳を澄ませば、天国で再会して睦みあうふたりの噂が聞こえてくる。

引証文献一覧

Abrams, M. H. *Natural Supernaturalism*. New York: W. W. Norton, 1971.

Hawthorne, Nathaniel. *Mosses from an Old Manse*. Ed. Roy Harvey Pearce et al. Columbus: Ohio State UP, 1974.

———. *The Scarlet Letter*. Ed. Roy Harvey Pearce et al. Columbus: Ohio State UP, 1962.

Ludwig, Allan I. *Graven Images: New England Stonecarving and Its Symbols, 1650-1815*. Middletown: Wesleyan UP, 1966.

McDannell, Colleen & Bernhard Lang. *Heaven: A History*. New Haven: Yale UP, 1988.
Phelps, Elizabeth Stuart. *Beyond the Gates*. New York: The Regent Press, 1911.
デュフール、X。レオン編。『聖書思想事典新版』。Z。イェール翻訳監。小平卓保、河井田研朗訳。三省堂、一九九九年。
リチャードソン、A。、ボウデン、J。『キリスト教神学事典』。古屋安雄監修。佐柳文男訳。教文館、一九九五年。
（『緋文字』からの引用文の訳出にあたっては大井浩二訳、八木敏雄訳を参照させていただいた。）

彷徨うヘスター
――ルネッサンス精神史の新しい展開*――

入子文子

はじめに

『緋文字』(一八五〇)のヘスター・プリンをめぐる解釈は多様である。ヘスターに関するテキストの複雑で曖昧な描写が誘発するのである。一般にヘスターといえばバーロー、フライア、ハーツォグらの批評に見るように「弱さよりも強さ」を特徴とし、「暖かく、生き生きした」「アメリカ作家による初めての力強い女性」と捉えられている。しかし、ことはそれほど単純ではない。六章や一三章のヘスターは「陰鬱な疑念の迷路」や「暗い精神の迷路を彷徨い」(九八、一六六)、パール殺しの衝動を抱いて登場するからだ。ヘスターのこの軌跡は、ルネッサンス精神史の中でこそ浮び上る。

ヘスターに関する相反する曖昧な描写の原因を、フライアはヘスターに対するホーソーン自身の複雑な相反する評価に見る。八〇年代になってレノルズは同時代の文化の中の本質的に異なる二つのタイプの女性をヘスターの中で融合させた点に見る。またリアもこの不可解さを取り上げ、その原因をホーソーンの中の道徳論と認識論、一七世紀ピューリタンと一九世紀ロマン派の「二つの異なる系列の語彙」(六二)と思想の混在に見る。けれども芸術作品の〈曖昧さ〉に価値を置くホーソーンの場合、ヘスターの描写の〈曖昧さ〉を作家の性格や、異なる時代の異なる思想の不手際な処理による〈曖昧さ〉にすりかえるだけでは事は済まされない。

〈曖昧さ〉へのホーソーンの態度は明確である。『緋文字』完成の頃に他人の詩を評した手紙では、読みの自由の「特権をあまりにも読者に与えすぎ」なので「もっとその詩の目的がはっきり読みとれるよう仕上げるべきだ」と〈曖昧さ〉の誤用に忠告を与える。

このような物語には、できるだけ多くの霧や輝かしい靄を辺り一面に溶け込ませることが許され、おおいに推奨されるべきだ。しかし、それでもなお、歩むための明瞭な小道がなければならない。しっかりとどこかに結びつけられていると読者が信頼できる手がかりが。当面の問題について何かがわかっている、あるいは、……わかりそうだと感じなければ、読者は詩の内部へそれ以上進もうとはしない。

(一六巻三一五—一六)

ここから我々は、ホーソーンの〈曖昧さ〉に読者の側での「多様の選択という工夫」を見るマシーセンを退ける。

我々はより高次の精神史の発展を『緋文字』の多様な世界に見る。『緋文字』では精神と身体を関連づけ、インディアンの薬草術とヨーロッパの生理学や錬金術を一人の医者に混合させ、悪魔の子パールという概念をピューリタンと「カトリック」（九九）共通とみなす。ピューリタンの牧師でありながらその書斎には教父やユダヤ教のラビ、カトリック修道僧などの著作を備え、彼に「ローマ教会」（一四四）の行を行わせて「悪鬼」や「妄想の産物」（一四四‐四五）を見させる。狭義のキリスト教一辺倒の思考だけではこの『緋文字』という多様の統一世界の理解は難しい。彷徨うヘスターの背後には、古代・中世・ルネッサンスのヨーロッパ思想史を連綿と流れ一七世紀半ばのヨーロッパを風靡した、心の真理をあかすホーソーン好みの思想が通奏底音として響いている。悪魔や想像力と関わり、キリスト教を核にしながらも広く神学医学哲学文学など古今東西の異質で多様な思想伝承を網羅した多様の統一体〈メランコリー〉である。

彷徨うヘスターに関する曖昧で不可解なテキスト表現には、一連の語彙を繋ぐ〈メランコリー〉という観念がある。この小論はまず、古典的〈メランコリー〉に繋がるホーソーンの読書経験の再構成を通じて、その観念を洗い直す。その上で、パール殺しの衝動や自殺の衝動を抱いて彷徨うヘスターの意味をテキストの文脈の中で解明することを目的とする。

一 「微笑と身震いの間」の謎

曖昧で不可解なヘスター像を理解するために、第六章「パール」におけるヘスターの謎めいた気分から考察しよう。野の花を緋文字に命中させては妖精の様に小躍りして喜ぶパールの目から、またもや子鬼が覗いたかと思ったヘスターは、「お前、ほんとに私のパール？」と「いたずらにではなく、かなり本気で」問いかける。パールを牧師との愛の結晶と思いつつも、人間ではなく悪霊や妖精の血筋をひく存在とも半ば信じているらしいヘスターの奇妙な気分が表れている。パールが「秘密の呪文」で「今にも本性を表すのではないかと、半ば本気で不安になった」ヘスターの気分はさらに次のように描かれる。

「お前は私のパールではないわ」母親は半ばおどけて（half playfully）言った。深刻な悩みのさなかでさえ、道化た気分（sportive impulse）に襲われることが彼女には稀ではなかったからだ。「だから教えて。お前は誰で、お前をここによこしたのは誰なのですか」「教えて、お母さん」子供はヘスターに駆け寄り、膝にしがみついて、真顔で言った。……ヘスター自身が陰鬱な疑念の迷路（dismal labyrinth of doubt）にいたのだから、この難問に答えることはできかねた。彼女は―微笑と身震いの間で（betwixt a smile and a shudder）―町の人達の言いぐさを想い出していた。町の人達は……哀れなパールのことを悪魔の子と言いふらしていた。（九八）

「陰鬱な疑念の迷路」に彷徨うヘスターの、「深刻な悩みのさなか」の「道化た気分」や「微笑と身震いの間」という奇妙な語彙は、ヘスターの内面の「両極性」（ハーツォグ一二〇）の印とか「激しい苦しみの現れ」（ジョンソン一六）として片づけるには余りに奇異である。ホーソーンのこれらの語彙の生成には特殊な背景があったのではないか。

二　『大理石の牧神』と〈メランコリー〉

ヘスターの特殊な気分は、『大理石の牧神』の「ある種の気分」（a mood）を連想させる。「ある種の気分、つまり芸術家であれ詩人であれ、想像力を駆使するあらゆる人間が好んでふける気分」である。この気分にある時、「己の最も深いところの真理が最も気軽な冗談と肩を並べて存在していることに気づき、……真理であれ冗談であれ、それを口にする」。この気分にある三人の芸術家には「牧神像」とドナテロの類似性が「半ばまじめに、なかば冗談に」（一六）深く印象づけられる。ヘスターは刺繍に並外れた想像力を発揮する一種の芸術家である。従って彼女の「深刻な悩みのさなか」での「道化た気分」とか「微笑と身震いの間」にある特殊な気分を、『大理石の牧神』における「想像力を駆使する人間」の「ある種の気分」と同じ範疇で考えても無理にはなるまい。

「ある種の気分」はさらに「メランコリー」という語と結びつく。「顔全体は奇妙に真面目で、ただ暗い黒い目(dark eyes)にだけ笑いを浮かべた」(三四)画家ミリアムの表情は、真面目とも冗談ともつかぬ「ある種の気分」の表象だが、この表情は「メランコリーが引き起こす類のおどけ気分」(二二二)と不可分である。「ある種の気分」と「メランコリー」という語との関係は、彫刻家ケニョンの特殊な気分にも伺える。モンテ・ベニに別れを告げる彼は、「安らぎのさなか」にありながらも、「健全な常識人よりも理想を追い求める芸術家のほうが陥りやすい」「ある種の、落ち着かないメランコリー(a restless melancholy)を意識し始める」(二八八)からだ。

ここで初めて我々は、今追っている「メランコリー」という言葉が今日的意味でなく、古典的〈メランコリー〉の範疇にあることに気づく。** 「黒い胆汁」を語源とし、古代ギリシャのヒポクラテス以来十七世紀まで連綿と続いた液体生理学の観念である。この考えでは「世界は地、水、火、風の四元素」で、人体はこれに対応する「血液、粘液、黄胆汁、黒胆汁」(ヒポクラテス 一三四九)の四体液で構成されるが、体液の配合の仕方が気質を決め、その逆も成立する。病気は黒胆汁のせいにされるが問題は生まれつき黒胆汁の多い〈メランコリー〉体質である。中世では暗く怠惰でけちな負の体質が、ルネッサンスに再評価される。〈メランコリー〉体質のフィチーノがアリストテレスの『問題集』の一節、「哲学であれ、政治であれ、詩であれ、或いはまた技術であれ、……並外れたところを示した人間はすべて、明らかにメランコリー体質であり、……或る者に至っては、黒い胆汁が原因の病気にとりつかれるほどのひどさであるが、これは何故であろうか」に目を留め、〈メランコリー〉に天才の印を付与したからである。フィチーノ、デューラー、ミケランジェロ、レオナルドなどルネッサンスの万能人をこの典型とし、数多の思想・伝承を吸収した〈メランコリー〉はヨーロッパを風靡する。イギリスではエリザベス朝末期から流行、文学にも多大な影響を与え、シェイクスピアやスペンサーを経て十七世紀に受け継がれる。ロバート・バートンの『憂鬱の解剖』（一六二一年。以下『解剖』）はこの系譜のメランコリーを主題に、古今東西の権威による〈メランコリー〉を解体し、独自の手法で再構築した不思議な書である。この書はミルトンやベン・ジョンソン、ウエブスターからスターン、サミュエル・ジョンソンを経て、ロマン派のブレイク、ラム、キーツそしてアメリカのポー、メルヴィルへと影響を与え続ける。これまで等閑視されてきたが、ホーソーンには生涯を通じて〈メランコリー〉への興味があった。事実、晩年の未完の大作『セプティミアス・フェルトン』にはバートンへの並々ならぬ関心が伺えるのである（入子ⓐ、四〇）。

図像化された〈メランコリー〉への関心は『アメリカン・ノートブックス』一八三七年七月九日の項の、デューラーを思わせる「メランコリーと美の像」（四一）への言及のみならず『大理石の牧神』にも明確に示されている。ミリアムにつきまとうカプチン僧の風体は、伝統的な〈メランコリー〉の図像である。「もじゃもじゃの口ひげと顎ひげ」を生やし、「つば広の円錐型帽子をかぶり、その陰のために粗野な面貌もぼんやり見え」、「昼より夜の方が性にあう」（三〇）男は、『解剖』の、「夜、一人で歩く

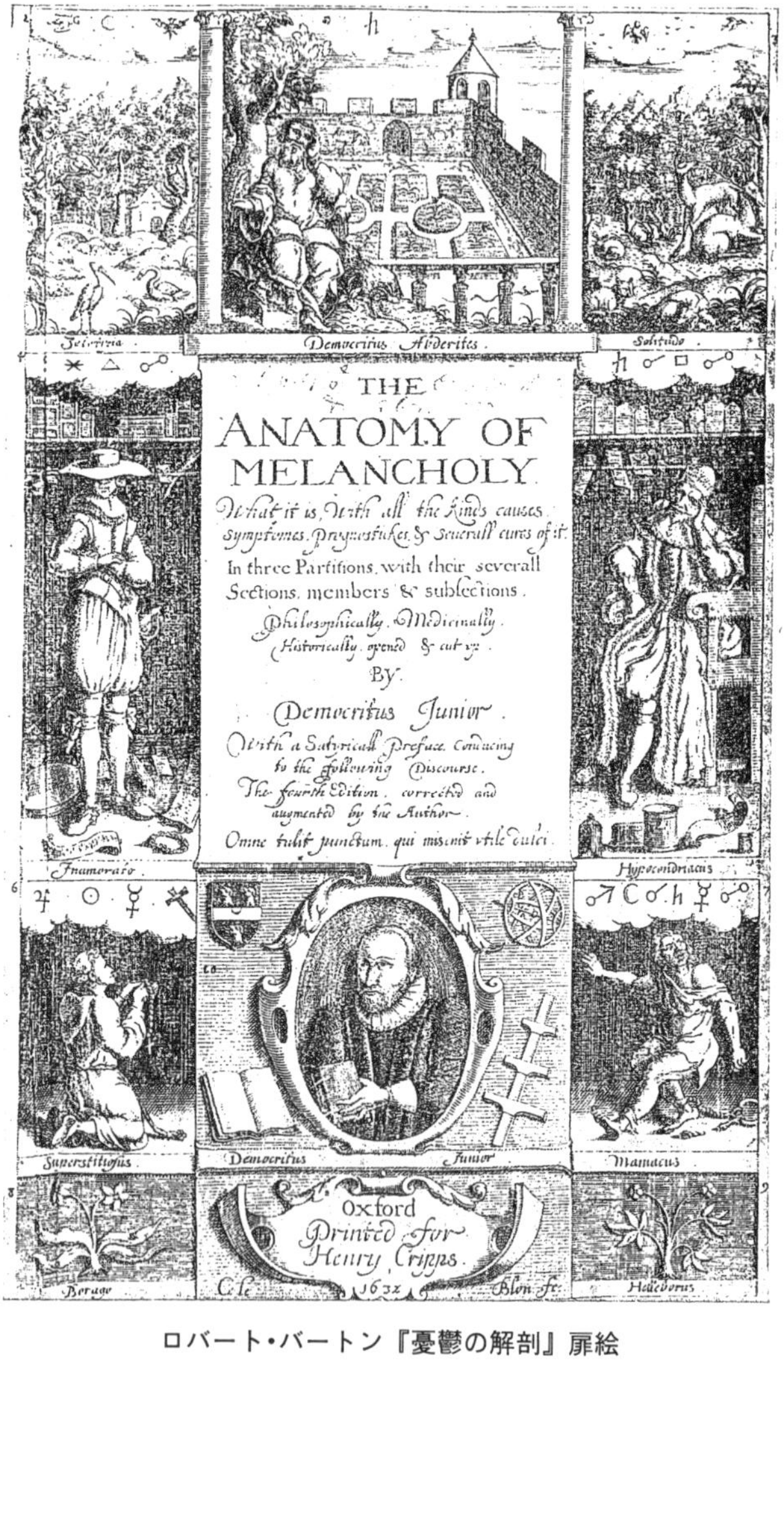

ロバート・バートン『憂鬱の解剖』扉絵

アルブレヒト・デューラー〈メレンコリア I〉(1514)

のを好む」（三九三）〈メランコリー〉の人や、『解剖』扉絵の人物像を思わせる「紋切り型」なのだ。「古い時代の衣装」のこの男は次のようにも描かれる。

一枚の絵から抜け出してきたばかりで、またたちまち十指に余る他の絵の中に入って行く事もできるような、おなじみの風体をしていた。それは、画家達が、画題の都合のままに聖者としても暗殺者(assassins) としても描きわけられる、色黒でひげもじゃで、身なりの混乱した (wild of aspect and attire) モデルの一人だった。（三〇）

この「モデル」は「生来のメランコリー」の図像である。「身なりの混乱した」「モデル」の様子は、ハムレットに関してドーヴァー・ウィルソンの言う、病んだ〈メランコリー〉の、「内面の混乱」（ウィルソン二一〇）の図像を彷彿させる。自らの「弱さ」と「メランコリー」（二・二・六〇一）を独白するハムレットの、「上着ははだけ」「靴下は汚れて靴下留めが外れ足首までずり落ち」、「シャツのように青い顔色をしている」（二・一・七五－七八）。「混乱した装い」のハムレットは病んだ〈メランコリー〉である。この「宮廷人全ての目に映る変化」（ウィルソン九六、二一〇）は病んだ〈メランコリー〉の姿に他ならないが、元来は心身装いともに調和し、文武に優れた理想的宮廷人、アリストテレス型天才、すなわち「生来のメランコリー」体質なのだ。『大理石の牧神』の「モデル」も、バートンが記す「デューラーの筆になるメランコリー像」の「無頓着な装い（neglected habit）」（『解剖』三九三）と重なり、その「色黒」こそは、体質的な「生来のメランコリー」（同二〇八）の特徴である。また「生来のメランコリー」体質は聖者にも殺人者にもなる可能性がある。この体質は「アリストテレスの言うように、人間の中で最も賢明な人」で、「しばしば聖なる恍惚を呼び起こし……優れた哲学者、詩人、預言者となる」と同時に、「大胆、勇敢、獰猛」のため「人間の中で最も暗殺者となるに適している」（同四〇一）。

『大理石の牧神』の「落ち着かないメランコリー」もまた〈メランコリー〉の語彙である。なぜならバートンは〈メランコリー〉の特徴を「常に何かを探求して落ち着かない、」（"still seeking, restless"）、「落ち着かない精神」（"restless minds" 三九二）、「思考と行動において落ち着かない（restless）」（三九四）と説明する。そして真理に深く思いを馳せる人に起こる正反対の気分の根が実は一つであることを、「人間というものに深く思いを馳せる時、哲学者ヘラクレイトスは泣きだし……人々の悲惨さ、狂気、愚かさを嘆き悲しんだが、一方デモクリトスは　どっと笑い出した。人々の生が全て馬鹿げて見えたからである」（四七）と述べる。〈メランコリー〉の人はこれら泣きと笑いという正反対の行為の間を、落ち着かなく揺れ動く「ごたまぜ情念（mixed passion）」（一九）を特徴とする。「これらの泣きと笑いの到達点は一つであり、同じ悲しみが表現されている」（一二五）のだ。

三　彷徨うヘスターと〈メランコリー〉

この文脈に置くとき、彷徨うヘスターの様相は新たな意味を帯びる。「彷徨う意識」は「落ち着かない精神」の同義語であり〈メランコリー〉の別表現である。『解剖』の語り手は、自分のメランコリー気質を「彷徨う意識、気まぐれな、落ち着かない精神」（"a running wit, an unconstant, unsettled mind" 一七）と述べるからだ。「陰鬱な疑念の迷路」に彷徨うヘスターの「微笑と身震いの間」の気分、「深刻な苦しみのさなか」の「道化た気分」が〈メランコリー〉の気分であることは否めない。彷徨うヘスターは、〈メランコリー〉の図像となる。

パールに対するヘスターの謎めいた気分と想像力も〈メランコリー〉の枠組みに置くことができる。まず生来の特徴から見よう。ヘスターはアリストテレスの天才型〈メランコリー〉として描かれる。「奇想に満ちた創意」（八三）と絶妙な刺繍の技という、並外れた芸術家の才能だけでなく、チリングワースを賛嘆させる人格的な「幾つかの偉大な要素」（一七三）をも賦与された貴婦人である。この観点で捉えると「漆黒の目（deep black eyes）」と「艶やかで」「黒い（dark）豊かな髪」（五三）は、生来の体質的〈メランコリー〉の印となる。「黒い色は生来のメランコリーを示す」（『解剖』二〇八）からだ。しかしアリストテレスによれば、この体質はバランスを保つ限り優れた天才だが、引き金一つで病める〈メランコリー〉へと変化する。事実ヘスターも罪を引き金に変化する。

病める〈メランコリー〉は良心の病いをもたらす。ヘスターも「自分の行為の邪悪さ」（八九）や「自分の過失と不幸を意識する」（九一）敏感すぎる罪意識のため、針仕事の楽しみさえ罪と感じる。この良心を語り手は「病的に干渉する良心」（八四）と表現する。彼女を「自分ほど罪深い人間はいないと信じようと必死」（八七）にさせるのはこの良心だ。バートンが言うように「咎め立てしすぎる良心は生来のメランコリーから生まれ」、「健康な良心は常にご馳走だが胆汁性の良心はもう一つの地獄」（三巻三九六、四〇〇）だ。

〈メランコリー〉を病む人は良心と同時に想像力をも病む。ヘスターがパールに見る悪魔や悪霊や小鬼も、この種の病的な想像力によるものだ。ヘスターは緋文字という「胸を深く焦がす」「地獄の火」（八七―八八）を抱き、「病める心」（七八）を持つ。その「想像力はいくらか異常」（八六）で、刺繍には「病的な創意」（一〇二）を凝らす。また彼女は、赤ん坊パールや幼児パールの「黒い目」から覗く、「子供に乗り移った悪霊」や「笑う子鬼」など「同じ様な幻影」に悩まされる。これらが本物の悪霊や子鬼なのか、そう見えるだけなのかと、我々はヘスターと共に困惑する。しかしホーソーンは躊躇せず、「いや、実際に子鬼が覗いたかどうかは別にして、母親はそう想像した」（九七）と語り手に断言させる。ヘスターの病的な想像力を問題とするのだ。バートンによれば〈メランコリー〉の人は「悪魔が自分を呼んだり話しかけたりする」と「腐敗した想像力で」（四〇二、四二八）想像する。極端な場合には、悪魔が「病めるメランコリーの人の想像力の中で猛威を振う」（三巻四一七）。テキストが伝える「陰鬱な疑念の迷路」を彷徨うヘスターは、病める〈メランコリー〉の図像に他ならない。

四　パール殺しの衝動と自殺の衝動

この延長線上にくるのが一三章「ヘスターの別の見方」の一節である。

そういうわけで、心臓［心］(heart) が正常で健康な鼓動を失ってしまったヘスター・プリンは、［アリアドネの］糸もなく暗い精神の迷路を彷徨い (wandered in the dark labyrinth of mind)、越えがたい絶壁に行く手を阻まれては進路を変えさせられ、深淵を前にしては飛び下がる。彼女の周りにあるのは混乱した鬱々たる光景ばかりで、心を慰める憩いの家庭はどこにもなかった。時には、パールをさっさと天国に送り出して、自分自身は永遠の審判が定めるがままに、どんな来世にでも行くほうがましではないか、と恐ろしい疑念 (fearful doubt) が懸命に彼女の魂に取り憑こうとしていた。(一六六)

「暗い精神の迷路を彷徨う」ヘスターを描くこの一節の出現は、我々を戸惑わせる。この章前半でのヘスターは、「暖かさの源泉」として「実行力」と「共感」に富み、「頼りがいのある」「女性らしい強さを身につけた女性」（一六一）と記される。しかしこの一節のある同じ章後半でのヘスターはそのような像とはほど遠い。パールの、いや女性全体の存在意義までも見失い、「大理石の冷たい印象」（一六四）を付与された姿である。特に奇異なのが、パール殺しの衝動と自殺の衝動、永劫の罰のほのめかしである。特に作者はヘスターに、大切なパールを殺して自殺したいとの衝動を牧師臨終の場まで持続させ、「私たち二人は一緒に死ぬのですね、パールも道連れに」（二五四）と繰り返させる。とすれば我々はヘスターをいかに解釈すればよいのか。また「懸命に彼女の魂に取り憑こうとする」との表現は何を意味するのであろうか。

一三章は緋文字を着けてすでに「七年目」の事である。世間的状況は初めほど悪くない。献身的な「ヘスター・プリンに対する一種の敬愛の念が人々の間に芽生え」（一六〇）、Aもついには「善行」「尼僧の胸の十字架」（一六二、一六三）へと意味を変え、お偉方の顔も「慈愛の表情に変わる」（一六二）予感がある。ずっと生きやすくなっているはずである。にもかかわらずヘスターの内部では「敵対的な世間」に抗する術もなく、「子供自体の性質にも何か場違いなところがあり」、すべてがヘスターに「不利」（一六五）である。ヘスターの苦悩は否めない。この段階で彼女が絶望的に彷徨う根底には何があるのか。

五　ウィンスロップの『日誌』――幼児殺しと〈メランコリー〉

ここで浮上するのがウィンスロップの『日誌』である。『緋文字』の語り手は「こうした不吉な運命を背負って生まれた子供」（九九）はパールだけではないと言う。それを裏付けるかのようにウィンスロップは、『緋文字』の背景と同時代に起こった、母親による二つの幼児殺しに触れる。ウィンスロップの『日誌』を読んで（ケセリング　六四）『緋文字』の下敷きにし（ターナー　五五一）、彼の「死の床」（一五二）に触れたホーソーンがこれらを見逃すはずはない。まず『日誌』の一六三九年一二月六日付けの記述である。

ドロシー・トルビーが三才の実娘殺しの罪でボストンで絞首刑になった。信仰深さが評判のセイラムの教会員だったが夫と不仲になり、メランコリーの、……霊的惑わしから……夫と子供、自分を殺そうとした。彼女はそれを神の啓示と言う。……行政官が鞭打たせ快方に向かうが、再びセイタンが激しくとり憑き説得し（彼のまやかしによりそれを神からの啓示として聴いた）、子供を将来の悲惨から救うためにと子供の首を折って死なせた。逮捕時にこう告白したが……判決や処刑の際、悔悟は一切示さなかった。……ピーター氏は説教で、啓示に警戒せよ等と述べた。（一巻二八二―八三）

この一節の背後に拡がるのは古典的〈メランコリー〉の観念である。病めるメランコリーの暗い想像力と悪魔との関係はすでに述べたが、バートンはさらに次のようにウィンスロップの洞察への手がかりを与える。「メランコリーが長びき極端になると」「理性、判断力すべてを奪われ、自分が何をしているかわからない」（『解剖』三九）。メランコリーを病む人にとって、「人生は生きるにつれて悪くなる」、そこで「より大きな被害を避け、悲惨さから解放し、名誉を守るため」（四三五）「自分自身に、また狂気の発作と絶望の気分にあれば親しく愛する友人にも、破壊の手をのばし」（『解剖』三巻四〇七）、「通りに身を投げ首を折って死んだり、絶望して入水自殺する」（三巻四〇八）。「宗教的な人」ほど「宗教的メランコリーにかかりやすく」、「悪魔のまやかしのようなもの」を聞き、「彼らに顕れる啓示や夢を神からのものと考えるが、実際には完全に悪魔の手段で生じる」（三巻三四三－四四）などとバートンは述べる。これらは、ウィンスロップの言葉だけでなく、ヘスターの問題をも照射する。幼児殺し、自殺の衝動、セイタンの取り憑き、そして「メランコリー」など、彷徨うヘスターを思わせる語彙が連なるからだ。とすればヘスターのパール殺しの衝動は将来の悲惨さから子供を救うためであり、その衝動はヘスターに取り憑こうとする悪魔が「神の啓示」として差し出すまやかしによるものと考えられる。

六　〈許されざる罪〉と〈メランコリー〉

もう一つは、『緋文字』の場面開始と同じ一六四二年の、五月一八日付けの項にある。

ヒンガムの桶屋の妻は長らく狂乱に近い悲しいメランコリーの不機嫌な病を患っていた。以前我が子を溺死させようとし、神のご慈悲で未遂に終わったが、今回再び機会を捉え、一人で三才の子を自宅付近の用水路へ連れ出し、衣服を脱がせて泥水に投げ込んだ。……彼女はこのような行動の理由を、子供を悲惨さから救うためだけだったと述べ、こうすることで〈聖霊〉に反する罪を犯してしまったからには、いかなる罪も悔悟不能と思いこんでいる。こうしてセイタンは我々の弱さを利用して働く。本来弱さによってこそ我々は一層しっかりとキリストに結ばれ、あらゆる振舞いにおいて一層へりくだり、注意深く歩むべきものなのに。（二巻六〇）

この記述が我々の興味を惹くのはパール殺しの衝動を彷彿させるからだけではない。ホーソーンの重要な語彙「〈聖霊〉に反する罪」すなわち〈許されざる罪〉というキリスト教概念が、「メランコリー」というルネッサンス特有の概念と、ウィンスロップにおいて結合するからである。〈メランコリー〉の理解なくしてニューイングランドのピューリタンの中心人物ウィンスロップを読むことはできない。

ここで展開される〈許されざる罪〉についてのウィンスロップの考えは、キリスト教始まって以来ホーソーンの時代までの、新旧キリスト教の一致した正統的解釈の中に包摂されている。周知のように〈聖霊〉は、キリスト教の三位一体の一として“Holy Spirit”もしくは“Holy Ghost”と大文字で書かれ、小文字の“spirit”とは明確に区別されている。ホーソーンが一八三二年にセイラムで借り出したスタックハウスの『新聖書史』は、〈聖霊〉を「罪を許す父なる神の慈悲」、「恩寵」と記す（ブレナン一二六）。マッカランに従えば、〈許されざる罪〉はマタイ一二章三一－三二（マルコ三章、ルカ一二章）の、「人間のいかなる罪も冒涜も許されるが、聖霊に対する冒涜は許されない」というキリストの言葉に端を発し、神の無限の慈悲というキリスト教教義から、あまりに恐ろしく例外的に思われるので、キリスト教の最初から一九世紀半ばに至るまで、特別の関心を惹いてきた。〈聖霊〉に反する罪の〈許されざる〉性質については神学者たちの終始一貫した一致した見解がある。ウィンスロップと同時代で、大西洋の両岸の新旧両キリスト教徒が愛読し、ホーソーンも愛読した国教会の牧師ジェレミー・テイラーは次のように説く。神が人を捨てるのはその人が「意識的に、悪意に満ちて」神の救いの計画を「虚偽の、人を騙す」ものとして拒否する場合のみである。〈大罪〉と混同されがちな〈許されざる罪〉は、「救済を拒否する、悔悟しようとしない意志」か否かにかかり、“unpardonable”とか「審判の恐ろしい予定に委ねるのみ」などの表現は、「悔悟しない人にのみ有効である」。十八世紀のある聖職者の言でも「最後の瞬間に悔悟できないことだけが唯一の真に許されざること」（マッカラン二二三－二二四）である。一九世紀に至っても、ホーソーンが参照したスタックハウスは、「許されざる罪を犯す人は、極めて頑なで信じようとしない精神の持主なので、悔悟の最後の手段に抵抗する。そこで結果的に悔悟する意志もないし、悔悟することもできない」（ブレナン 一二六）と、同様の解釈を示している。

この問題に関するホーソーンの認識はブレナン、マッカランなどホーソーンの〈許されざる罪〉をめぐる一連の優れた批評を総合すれば、この正統的解釈と一致している。従ってウィンスロップの記す幼児殺しと〈許されざる罪〉の見かたが、ヘスターの問題を解く鍵となるのだが、〈メランコリー〉の観念はそれを更に大きく包む。「罪の大きさ、罪の耐え難い重荷、神の激しい怒りと不興」が彼らを酷く苦しめる。「自分たちは神に見捨てられ、永劫の罰に定められ、恩寵の望み無く、神の慈悲は得られず、……罪があまりにも大きいので許され得ないと思う。けれども……それ自体で許され得ないほど極悪な罪はなく、神の慈悲で許され得ないほど大きな罪はない」。「恩寵は満ち溢れ、その力は弱さを通して完全にされる」（『解剖』三巻四一〇）からだ。「セイタンはメランコリーを患う人の想像力の中で猛威を振るい」、「神と神の言葉への反逆を示唆する」。しかしその考えは「その人のでなく悪魔のもの」、「脳を襲う狂った幻想」（三巻四一八）ゆえ「悔悟すればあなたの咎にはならない」（三巻四一九）。罪が許されないのは最後の瞬間まで悔悟しない時のみという〈許されざる罪〉を〈メランコリー〉の文脈で解説するバートンは、ウィンスロップの最終的な見解を支えている。

七　彷徨うヘスターと〈許されざる罪〉

このように見るとウィンスロップの幼児殺しの記述は、ヘスターの不可解な気分やパール殺しの衝動、永劫の罰のほのめかしなどの説明かと思われてくる。元来は優れた霊的想像力を賦与された人が〈メランコリー〉を患い、「救いも平安もなく耐え難い苦悩と良心の苦痛」の中で「悔悟することも信じることもできず、「自分自身に、また狂気の発作と絶望の気分にあれば親しく愛する友人にも、破壊の手をのばす」（『解剖』三巻三四四、四〇六、四〇七）例としてである。『緋文字』の背景である一七世紀半ばの大西洋の両岸は同じ人気著作家達の思想に洗われていた。ロンドンの売れ筋を載せた書物販売カタログで、『憂鬱の解剖』のフォリオ版が「ニューイングランドのかの有名な」（コットン　無頁）コットンと肩を並べている。逆に『解剖』はニューイングランドでもピューリタン指導層の必読書であった（ユーマンス一三）。これらの著作家に親しんだホーソーンが〈メランコリー〉で『緋文字』を浸しても不思議ではあるまい。七年目のヘスターは元来信仰深かった故に〈メランコリー〉を患い、悔悟することも信じることもできない「信仰喪失」（八七）の状態に彷徨う。将来の悲惨さから解放するためにパールを殺して「さっさと天国へ送り」、その〈許されざる罪〉のため、自分は自殺して永劫の罰に「身を委ねよう」かと考える。これが、「懸命に彼女の魂に取り憑こうとしていた」「恐ろしい疑念」、メランコリー性の想像力を通して悪魔が差し出す、永劫の罰をほのめかす〈許されざる罪〉の幻影である。この状態は牧師臨終の場まで続く。悪魔のこのまやかしが遂に彼女の魂に取り憑けば、彼女は死の瞬間にも悔悟せず、結果的に〈許されざる罪〉のまま、魂は地獄に落ちるであろう。彷徨うヘスターに〈メランコリー〉の治癒と悔悟はあるのだろうか。

ここで我々の脳裏に〈メランコリー〉の典型人物「イーサン・ブランド」の主人公が浮かぶ（入子ⓑ八－一一）。彼は人一倍信仰深かったが、悪魔のまやかしから〈許されざる罪〉探求の旅に出て急激な「知力の向上」を経験する。途上エスターの「魂を滅ぼした」ことが〈許されざる罪〉ではないかと苦悶し彷徨い、最後にそれと信じこむ。狂気の「哄笑」と共に地獄の火の如き石灰窯に身を投げる。後には「心臓が大理石」である証拠の、「心臓の形」の消石灰が残される。「心臓［heart］が、正常で健康な鼓動を失ってしまったヘスター・プリン」の「印象が大理石のように冷たい理由の大半は、彼女の生が情熱と感情のそれから思考のそれへと変化したことに求められる」（一六四）という『緋文字』の語り手の不思議な言葉はブランドと重なり、〈許されざる罪〉を連想させる。マッカランが言うようにホーソーンの冷たい石の心臓は、死にゆく時の、神の慈悲への頑なさ、悔悟の拒否、すなわち〈許されざる罪〉を象徴する（二三六）からである。

一九世紀の作家ホーソーンは、「ロマンス」が最終的に描こうとするのは「人間の心の真理」だと言う。それは複雑に入り組んだ迷宮の世界における、時代を越えた「ある高い真理」（二巻一－一二）である。

一九世紀の、それも死の表象のごとき『七破風の屋敷』のクリフォードにすら存在する「再生」への憧れ、更に言えば「同胞との絆の回復」への憧れと、「その根源として心の更に深いところに存在しそれを美しくする」、「神の愛への憧れと神への愛」（二巻一六八）である。

彷徨うヘスターと彷徨うブランドの両者の苦悶は、犯した罪が神に許されないのではないかとの〈メランコリー〉特有の恐れから生じている。根底に「神への憧れ」が存在するがゆえの苦悶である。このような「人間の心の真理」は、時代を超えて普遍的に存在する。バートンとウィンスロップに流れていた〈メランコリー〉というルネッサンスのヨーロッパを貫流する精神が、一九世紀アメリカのホーソーンの作家的想像力を根源から揺るがせた。このアスペクトから捉えぬ限り、多声的形象としての彷徨うヘスターを的確に把握する事はできない。「イーサン・ブランド」は『緋文字』と合冊の予定であった。一七世紀の彷徨う女ヘスターは一九世紀の彷徨う男イーサン・ブランドのまごうかたなき前衛として意図されたのである。

注

＊本論は文部省科学研究費基盤研究（c）（2）（一九九九―二〇〇一）による研究成果報告の一部である。また日本ナサニエル・ホーソーン協会関西支部研究会（二〇〇〇年六月）での発表原稿に加筆訂正したものである。

＊＊　古典的〈メランコリー〉についてはＨ・ジャクソン、Ｊ・Ｄ・ウィルソン、Ｅ・パノフスキー、Ｒ・Ｍ・ウィトコウワー、Ｂ・Ｇ・ライアンズに負う。ホーソーンとバートンについての研究は数編の拙論の他見当らない。

入子ⓐ参照。

引用文献

Barlowe, Jamie. *The Scarlet Mob of Scribblers*. Southern Illinois UP, 2000.

Bloom, Harold. Ed. & intro. *Hester Prynne*. New York: Chelsea House, 1990.

Brennan, J.X. and S.L. Gross. "The Origin of Hawthorne's Unpardonable Sin." *Boston University Studies*. 3 (1959): 123-129.

Burton, Robert. *The Anatomy of Melancholy*. Ed. & intro. Holbrook Jackson.1932;J.M.Dent & Sons. 1978.

Cotton, John. *The Way of Faith*. Ed. Sacvan Bercovitch. A Library of American Puritan Writings: The Seventeenth Century. Vol.13. New York: AMS, 1983.

Fryer, Judith. "Hester Prynne: The Dark Lady as 'Deviant'." Ed. and intro. Harold Bloom. 107-15.

Hawthorne, Nathaniel. *The Centenary Edition of the Works of Nathaniel Hawthorne*. Eds. William Charvat et al. 23 vols. Ohio State UP, 1962-1997.

Herzog, Kristin. "The Scarlet A: Aboriginal and Awesome" Ed. & intro. Harold Bloom. 116-24.

Jackson, Holbrook. 'Introduction.' *The Anatomy of Melancholy*. By Robert Burton. v-xv.

Johnson, Claudia Durst. *Understanding* The Scarlet Letter. Connecticut: Greenwood, 1995.

Kesselring, Marion L. *Hawthorne's Reading, 1828-1850*. The New York Public Library, 1949.

Leer, David Van. "Hester's Labyrinth: Transcendental Rhetoric in Puritan Boston." Ed. Michael J. Colacurcio. *New Essays on* The Scarlet Letter. 57-100. Cambridge UP 1985.

Lyons, B.G. *Voices of Melancholy*. Routledge & Kegan Paul, 1971.

McCullen, Joseph T. and John C. Guilds. "The Unpardonable Sin in Hawthorne." *Nineteenth-Century Fiction*, 15 (1960): 221-37.
Panofsky, Erwin. *The Life and Art of Albrecht Dürer*. Princeton UP, 1943.
Reynolds, David S. "Toward Hester Prynne." Ed. & intro. Harold Bloom. 179-85.
Shakespeare, William. *The Riverside Shakespeare*. 2nd ed. Ed. G. Blakemore Evans et al. Boston: Houghton Mifflin, 1997.
Turner, Arlin. "Hawthorne's Literary Borrowings." *PMLA* LI (June 1936) 543-62.
Wilson, John Dover. *What Happens in Hamlet*. 1935; Cambridge UP, 1974.
Winthrop, John. *Winthrop's Journal*. 2 vols. 1908; New York: Barnes & Noble, 1959.
Wittkower, R.M. *Born Under Saturn*. Norton, 1963.
Youmans, Marlene. *Isolatoes*. Diss. U of North Carolina. 1981.
入子文子ⓐ「『緋文字』——さまざまな再生と古典的〈メランコリー〉」『英語青年』六月号　研究社　二〇〇〇年、二～六、四〇。
——ⓑ「ホーソーンとバートン」『神戸常盤短大紀要』六号　昭和五九年、一―一三。
『ヒポクラテス全集』五五編。今裕訳編　岩波書店　昭和六年　名著刊行会　昭和五三年。
訳は八木敏雄訳『完訳　緋文字』岩波文庫（一九九二）を参考にした。

女性らしさの歴史化
――アン・ハッチンソンからヘスター・プリンへ――

荒木純子

はじめに

『緋文字』が歴史小説であること、主人公ヘスター・プリンが一六三八年にマサチューセッツ湾植民地から追放されたアン・ハッチンソンをヒントにつくりあげられているだろうことは、もうすでに多くの研究者によって語られてきた。とくに批評家マイケル・コラカーチオは一九七〇年の論文で、ナサニエル・ホーソーンの本文になぞらえ「ヘスターはアン・ハッチンソンの足跡を（手に手を取ってというわけではないが）たどっている」と書いている（四六〇）。確かにヘスターもハッチンソン同様、自分の信念や感性は他のなにものによっても奪われることはないという姿勢を貫いている。そして、それは社会的規範に左右されることがないため反律法的である、すなわちアンティノミアンであると受け止められる点で、二人は同じ性質を有しているのである。

また同論文でコラカーチオはヘスターとハッチンソンの足取りが逆方向であることも指摘している。ハッチンソンが一七世紀ピューリタン社会から追放されたのは、彼女が預言者的な役割を果たしたからであったことに対し、ヘスターは罪を負った結果その預言者的な役割に進んでいったということである（四六二）。ここでこの方向の違いはきわめて重要である。ヘスターが実際に罪を犯す場面は『緋文字』中には出てこない。よってホーソーンはヘスターの罪そのものの是非を問うているわけではないと考えてもよいだろう。むしろ罪の後のヘスターを問題としているのである。ヘスターにハッチンソンと同じような規範で行動させているという点で、ハッチンソンはヘスターのモデルであると考えても差し支えない。とするとホーソーンは、有罪とされてマサチューセッツ湾植民地から追放されたハッチンソンに、ヘスターを通して、共同体への復帰に通じうる試練の道を示しているのだと考えられる。

ここで、ヘスターもハッチンソンも女性であるという点もまたたいへん重要である。一七世紀のアンティノミアン論争中のハッチンソンが裁きを受ける過程において、彼女の行動が女性にふさわしいかどうかという問題が、本来の争点の植民地の平和を乱したことと切り離して考えられることはなかった。不義の子であるパールとともに背負うヘスターの試練もまた、女性であるからこそ起こりえたことであった。この点から、一九世紀半ばに書かれた『緋文字』を、ホーソーンの時代の女性らしさの概念に何らかの示唆を与えるものとして読んでも間違ってはいないであろう。

さらに批評家エイミー・ラングが指摘しているように、『緋文字』の中でヘスターのとっている行動自体は罰を受けたあとも変化していない（一六三）。ヘスターが牢獄から釈放されたあとで変化してゆくのは、彼女に対するまわりの人々の見方である。ホーソーンはヘスターが罪を犯すところだけでなく、彼女がその罪を悔い改めるという行動も描いてはいない。ホーソーンがいろいろな意味を緋色のAの文字に読み込ませ、それをあいまいなまま読者に提示し、さまざまな解釈を許していることから考えると、小説『緋文字』は周囲の人々からヘスターに付与された意義を解釈しながら読むのがいいのではないかと思われる。そしてその意義とは、アンティノミアンでかつ女性であった一七世紀に生きたハッチンソンの、一九世紀的解釈であるといえる。

以上のことをふまえ、本稿では『緋文字』を歴史的立場から読み直すことを試みる。ホーソーンが一七世紀のできごとを一九世紀半ばに書いたという前提で、彼がヘスターに与えた意味を考えることにより、二〇〇年以上の間に変化したアメリカ社会とそこにおける『緋文字』の意義を、とりわけ女性らしさの概念の移り変わりという面から考えてみたい。

ハッチンソンとアンティノミアン論争

アン・ハッチンソンは、総督ジョン・ウィンスロップの日誌中の一六三六年一〇月、「才気走った恐れを知らない女性」という形で登場する。[1] この頃よりハッチンソンは自分が信をおく唯一の牧師であるジョン・コットンとその他のマサチューセッツ湾植民地の牧師たちとの違いを指摘しており、その意見は彼女の仲間に大きな影響を与えていた。そして一六三七年一一月、ハッチンソンは植民地の教会と牧師を非難したという廉で裁判に呼ばれることになる。ウィンスロップが裁判長として行ったその裁判の記録をみていくと、議論の中心はハッチンソンが実際に牧師を中傷したかどうかにあった。そしてその点について証拠不十分ということでいったん審議は終了しそうになる。ところが、ハッチンソンは自分の信仰心のたどってきた道筋についての告白を始め、そのときに正しい牧師とそうでない牧師が見分けられると発言した。何によって見分けられるのかと聞かれ、「神からの直接啓示によって」と答えたのだった。[2] この啓示に関する問題は植民地のピューリタンの教義上牧師たちの意見が分かれていた点であった。聖書のことばのみを信じ、それによって教会制度を作り上げていたピューリタンにとって、それを認めることは非常に危険で異端ともいえるのだった。そのとき、ハッチンソンが受けたという啓示が真に神のことばであったかが問題となっていくが、コットンの「聖書の裏付けのない啓示は幻惑である」という発言により、ハッチンソンは悪魔によって惑わされたにすぎないという結論が出る（三四二―四八)。これにより、ハッチンソンに対して植民地からの追放という判決が出るのである。

ところで、裁判長ウィンスロップは開廷のことばに「女性としてふさわしくない」という一節を加えている(三一二)。この裁判の問題の中心はハッチンソンが実際に牧師を中傷したかどうかであり、証拠不十分でいったんは審議が終了しそうになる点を考えても、ウィンスロップのこの部分の発言は二次的なものである。ハッチンソンが植民地の尊敬すべき人々を非難したかどうかという問題の本質が、女性らしさの問題に絡め取られているのである。さらに、ハッチンソンの啓示が悪魔の幻惑と見なされる場面においても、彼女が女性であることを切り離して考えることはできない。ピューリタンたちは、女性に預言を許していなかった。ウィンスロップがハッチンソンの才気を最初から畏れていたように、女性の知や想像力に対する漠然とした不安は存在していた。そのため、そのような才に長けた女性は女性らしいとはみなされず、悪魔と関連づけられることさえあったのである。[3]

追放が決まったあとハッチンソンは牢につながれるが、その間に彼女の回心の可能性はないと牧師たちは判断した。そして続く宗教裁判において、結局のところ彼女は「自分の分(place)からはずれ、妻というよりは夫の、信徒というよりは牧師の、被統治者(subject)というよりは統治者(magistrate)の立場をとってきた」と、植民地の女性としてふさわしくない行動をとっていたと結論づけられるのである。[4] さらに、ウィンスロップの感じていた女性の想像力についての脅威・驚異は、追放後にハッチンソンが生んだという《モンスター》の話が広まり現実のものとなる。ウィンスロップはハッチンソンの流産した奇形の胎児のようすを、立ち会った医師に手紙でつぶさに教えてもらい日記に記している（一六四一―六六）。当時信じられていた、母の思想が子供の姿形にうつるという考えにのっとり、彼はハッチンソンの思想の《奇形》を確信したのだった。このようにして、植民地の人々はハッチンソンを女性らしくない女性として繰り返し語り継ぎ、その反面としての女性らしさという概念を人々の頭の中に焼き付けていくことになった。

ヘスターと《家庭らしさ（domesticity）》

アン・ハッチンソンがアンティノミアン論争中に母としての側面を取り上げられることがなかったこと、そしてのちにモンスターの母として語り継がれたこととは対照的に、[5]ヘスター・プリンは娘パールの母として、母性を強調して描かれている。そしてそのパールに対して発揮される母性によって、ヘスターは道を踏み外すことを避けられているのだということになっている。ホーソーンは次のように書いている。「もしパールが精神世界からの贈り物でなかったとするなら、事情はかなり変わっていたはずである。そうでないならば、彼女はアン・ハッチンソンと手に手をとって、新興宗派の女教祖として、その名を歴史にとどめることになったことだろう。[6]」母性によってホーソーンはヘスターを救っているのである。また、パールを育てることはヘスターを魔術から遠ざけることにも役立っている。[7] ハッチンソンが悪魔との関連を示唆されていたのと同じく、ヘスターも魔女の集会への誘いを受ける。そのときヘスターは「『わたしは家にいて、パールを見張っていなければなりませんの。もしあの子が取りあげられていたのなら、喜んであなたさまと森に行って、魔王さまの帳簿に署名を、しかも生き血で、してきたところですけれど！』」と答える（八〇）。実際、このように「パールはこんなにも幼い頃から、母親を悪魔の誘惑から救ったのである」（八一）。こうして父親は不在ながらも、女性の特性である母性を生かして、母娘だけで家庭といえるものをひとまずヘスターはつくっている。

ヘスターは針仕事を得意としており、それによって生計を立てていたが、針仕事も子育てと並び女性の役割の一つと考えられる。「彼女には身を助ける技能（art）があり、その技能を発揮する分野があまり多くない土地柄だったとはいえ、育ちざかりの幼児と彼女自身が食べていくのに窮することはなかった。それは――今も当時も、女性が身につけることができる唯一の技能――針仕事であった。」（五七）と書かれているとおりである。確かに、植民地時代の女性の大切な役割の一つに、糸を紡ぎ、布を織り、編んだり縫ったりすること、衣服をつくることがあった。けれどもそれら《作品》は特別に取り上げられることはなく、また実際に残っているものもほとんどない。というのも、それらはごく普通の日常品で生活に不可欠な消耗品だったのである。[8] さらに極端な例としては、生きのびるためにそれをつくらざるを得なかったという状況もあった。一六七六年にネイティヴ・アメリカンに捕らえられ、約三ヶ月間彼らと行動を共にしたメアリ・ローランドソンは、酋長の妻のために靴下などを編むことで食事を与えられ、命をつないでいる。ローランドソンが身を守るために頼っていたのは、聖書と彼女の持つ裁縫の技術だったのである。

しかし、ヘスターの縫い物はそのような生活必需品という域をはるかに超えている。たとえば、ヘスターの身につけていた緋色のAの文字も本人が縫ったものだったが、「きれいな赤い布地に、金糸で手のこんだ刺繍と風変わりな飾りで縁かがりのほどこされた」もので「まことに見事なできばえで、そのうえ空想の豊かさと目もあやな派手やかさをそなえていたので、彼女が身につけていた衣装にこれほど似つかわしい飾りはまたとあるまいと思われた」(三九)。ここでヘスターの縫った緋文字は単なる裁縫品ではなく、《作品》として美しい刺繍、装飾品であったことが示されている。ヘスターは芸術(art)としての針仕事をしているのである。

実際、ヘスターの生活の糧であった針仕事が日常生活に必要不可欠なものを縫うというよりも、特別の機会に使う贅沢品や装飾をつくることであったことは『緋文字』中にたびたび示されている。植民地で尊敬されていたウィンスロップ総督が死んだときにはその装束も裁縫した(一〇五)。貧しい人々に粗末な服を縫うという慈善的行為もしていたが、彼女の植民地での役割は、特権階級の人々のため普通の人には禁止されているような贅沢な飾りを針と糸で作り上げることだったのである。本来女性の基本的な役目だった針仕事ではあるが、それに芸術性の加わった技芸としての針仕事というものが、ヘスターに与えられた任務であったのである。見方を変えれば、社会の周縁に位置するヘスターが植民地の中心部に入るための橋渡しをしていたのが、針仕事という芸術に象徴される《家庭らしさ》であったといえる。独立もすんだ一七八〇年以降のアメリカ社会は成熟期を迎えつつあり、大きな変化をみせたことは多くの歴史家が指摘している。とくに真の女性らしさという神話が生まれていたのもこのころのことである。それは《家庭》を聖域とみたて、女性をその聖域を守る天使のような存在とみていた。[9] そんな中、技芸としての針仕事はその最たる象徴となりうるものであった。

また、芸術作品というものは芸術家の想像力の結晶である。ハッチンソンのときと違い、ヘスターの想像力がここで是認されていることは注目に値する。パールの洋服もヘスターが想像力をこらしてつくっていた。『緋文字』中、当時の幼児の服は飾ったものとなっていて、そのためヘスターの需要も高かったという設定だが（五七）、パールの衣服もヘスターがとくに工夫を凝らしてつくっていた。ベリンガム総督の家に行ったとき、ヘスターは「子供の衣服を考案するにあたって、その想像力の絢爛たる側面を存分に発揮し、金糸で幻想的な唐草模様を惜しみなく刺繍した特別仕立ての深紅のビロードの上着を子供に着せた」（七〇）。そしてそのようすは、パールを「生ける緋文字」（七〇）のように見せたのだった。さらに「パールはこの世のものならぬあでやかさで飾り立てられていた。この光り輝く幻が陰気な灰色をした姿から生まれ出たとは、想像しがたいことであったろう。また、そのような子供の衣装を考案するには是非とも必要であったにちがいない華麗・繊細な想像力が、ヘスターの素朴な衣装にあれほどの異彩を放たせるという、さらに困難な作業をしたのと同じ想像力であったとは、なおさら思いおよばないことであったろう。」（一五四）と、パールの服もヘスターの身につけていた緋文字もまさしく女性の想像力の産物である点が強調されている。このヘスターのもつ想像力の受け止められ方は、ハッチンソンの啓示が女性の想像力とみなされ、悪魔からの幻惑を受けているという決着をみたのとは好対照をなす。ヘスターの想像力は、温かい《家庭》を象徴する技芸としての針仕事の上であったからこそ許されたのだと考えられる。

そして、そのようなヘスターの針仕事と作品を通じて彼女に対するまわりの人々の見方が変わってくる。Aの飾り文字を身にまとい、貧しいものにはほどこしをし、病人をなぐさめ、ヘスターはまさしく世間の恵まれない人々の天使のような存在と見られるようになっていった。「例の文字は彼女の天職の象徴であった。そのような頼りがいが彼女にはあったので――実行する力に富み、同情する力にも富んでいたので――多くの人は緋色のAの字をその元来の意味に解釈するのを拒んだ。そういう人たちは、それを『有能な』(Able) のAであると言った。」（一一〇）といわれる。そして最終的に「ヘスターの一生を形成した苦労の多い、思いやりにとんだ、献身的な年月が経過するうちに、緋文字は世間の嘲笑と顰蹙を買う烙印であることをやめ、悲しむべき何かの象徴になり、畏怖をおぼえながらも尊敬をもって眺めるべき象徴となりおおせたのであった。」（一七七）とまで変化した。こうして女性の相談役として、これもまたハッチンソンには許されなかった役割をヘスターは担うのである。このように緋色のA

の文字は、女性の技でありかつ芸術としての針仕事を体現化して変化してゆき、《家庭らしさ》を身につけた女性として、女性としての鑑の象徴となったのである。

ヘスターが身につけていた緋文字だけでなく、「生ける緋文字」であるパールも変化する。パールは小悪魔的な子供で、ヘスターは手を焼くことがしばしばだった。しかし、父親が不在で母娘だけのいわば不完全であったその家庭の中に、ヘスターの不義の相手でありパールの父である牧師アーサー・ディムズデイルが姿を現したとき、変化がおきる。ベリンガム総督の家でディムズデイルがヘスターの擁護をしたとき「あのわがままで気まぐれな小妖精のようなパールが、そっと彼にしのびより、両の手で牧師の片手をとり、その手にほおずりしたのだった。その仕草はとてもやさしく、そのうえ実に控えめであったので、それをみていた母親は、いぶかるように自問した――『あれがわたしのパールだろうか?』と。」（七〇）という具合である。そしてディムズデイルが世間にヘスターの不義の相手は自分であったことを明らかにしたとき、最も劇的な変化が起きる。「パールは彼のくちびるにくちづけをした。呪文は解けたのだ。この野性の子も一役買っていたこの悲しみの大団円が、彼女の同情心を花開かせたのだ。そして彼女の涙が父親のほおに落ちたとき、その涙は、彼女が人間の喜びや悲しみのなかで成長し、はてしなく世間と戦うのはやめて、世間のなかでひとりの女性となるという誓いであった。彼女の母親に対してもまた、苦悩の配達人としてのパールの役割はおわったのである」（一七三）。ディムズデイルの告白は、母娘だけの家庭の補完を意味する。その結果パールは家庭的な子供となるのである。ホーソーンはパールの野性味を悪魔的な意味を込めて描いているが、ここで彼女の野性味が人間化（domesticate）されて《家庭》に入り、天使のいる聖域に受け止められるというようにも読めるのである。こうして母であるヘスターは、針仕事を通じ《家庭らしさ》を獲得し、社会に受けいれられる方向に進んでいったのだった。

針とペン

アン・ハッチンソンとヘスター・プリンは、このようにそれぞれの歴史・物語の中で同じようなアンティノミアン的発想を持っていた。そして女性としての分際をわきまえず《家庭》のわくにおさまりきらないハッチンソンは追放され、一方、ヘスターは芸術としての針仕事を通して《家庭らしさ》を象徴し社会に受けいれられやすい状況をつくったという違いがあった。ホーソーン自身、この針仕事と《家庭》の象徴との関連については、『緋文字』を書く前にすでに強く意識していた。彼は一八三〇年に「ミセス・ハッチンソン」という文章を新聞に発表している。この中でハッチンソンを批判する形を取りながら、本来女性は家庭内にいるべきであり、内面を公表して人目にさらすことは女性の本性に反すると、ホーソーンは自分の同時代の女性の傾向を批判している。「アメリカの女性の大部分は家庭にいるべき人々である」[10]といい、「女性の精神を包み隠さず世間の視線にさらすこと、それによって女性の精神のもっとも奥深い秘密が探り出される可能性があることは適当なことではない」（一五）といっている。そして、そのように内面を公表する女性を「パブリック・ウーマン」（一四）と呼び非難しているのだ。

この文章の中でホーソーンはハッチンソンの問題点と裁判のようすを具体的に描いているが、それによりホーソーンが彼女のことを内面を公に向けて明らかにした女性の元祖ととらえていることがわかる。「柔和な女性の習慣や感情にだんだん変化がおこりつつあり、それが多くのこれらパブリック・ウーマンとともにわれわれの子孫を脅かすという不吉な兆候があるが、そのうちのひとりはわれわれの祖先にとってあまりにゆゆしい大きな重荷となっていたのであった。」（一四）と書いているとおりである。この「ひとり」とはハッチンソンのことであり、彼女は自らの発言によって内面を告白していた。「彼女は自分が本物の羊飼いを偽の羊飼いから見分ける任務を負っていると主張し、自分の天上の任務をさまたげられたかのように、当地の現在と未来の審判を非難する。こうして、彼女に対する嫌疑は自身の口から証明されるのである。」（二〇）と、ホーソーンは描写している。さらに、実際の裁判で一番の問題であった点と副次的な要素が入れ替わり、ハッチンソンは女性として問題を起こしたのだということになっている。「ミセス・ハッチンソンは、並はずれた才能と強い想像力をもった女性であり、その後者の特性から、当時の宗教的熱狂にそった一般的な風潮に従って、宗教改革者として前面に立ち上がったのだった。」（一五）と書かれている。本来、性差は別であったはずのハッチンソンの追放が、女性であったことと不可分な形でとらえられているだけでなく、女性らしさの問題に置き換えて論じられているのである。

そして、ここでも女性の知に対する男性の見解がみてとれる。「女性の知は男性の知のような響きを決して持ってはならない」（一四）とホーソーンはいう。これは総督ジョン・ウィンスロップが、ハッチンソンの才知を批判したときと同じ姿勢である。また彼女が生んだという《モンスター》のことも文中には暗示されている。「彼女の敵は天の怒りが彼女に降りかかったと信じ、それについてウィンスロップ総督はある注目すべき、科学的観点からみて非常に不思議な事例を記録するにやぶさかでなかった」（二〇）と述べている。『緋文字』の中でヘスターの娘パールは姿形の完璧な美しい子供であるが、この文章から考えると意図的にそういう設定になっているはずである。すると、ハッチンソンとは違ってヘスターの思想・想像力は《奇形》ではないということになる。ヘスターの想像力は、《家庭らしさ》を象徴する針仕事に費やされることで《正常》を保っているといえるのである。

このハッチンソンについての文章は実のところ、売れない作家であったホーソーンが家庭小説によってベストセラーを次々と世に送り出していた当時の女性作家について書いていることはよく知られている。とするとこの文章は、ものを書くことではなく針仕事こそが女性のすべきことであるという点を強調しているのである。女性がペンを握る「か細い指には、これまで繊細で優美でかつ空想に富んだ刺繍だけが要求されてきた」（一四）といい、針の代わりにペンを握っている同時代の女性を「インクの染みのついたアマゾン」（一五）と批判している。ここであらわれている刺繍は明らかに芸術としての針仕事である。ホーソーンにとって針仕事は《家庭らしさ》の象徴であるといえる。しかもその針仕事に関する限り、女性の想像力も許されるばかりか、むしろ奨励されているのである。ハッチンソンは発言することによって内面を公表したが、時代は変わり女性もペンを握り他人に見せるような文章を表すようになった一九世紀では、パブリック・ウーマンの代名詞は《ペン》であった。そして同時代の女性たちに、その想像力をペンではなく針と糸に託すようにと、この文章は呼びかけているのである。

このような背景を考えてあらためて『緋文字』中のヘスターを振り返ってみると、彼女が身につけていた装飾の凝らされたAの文字、そしてそのような芸術作品をつくることのできる彼女の技術は、一九世紀に理想とされた女性らしさを象徴するものであるといえよう。そしてAの意味も、ヘスターの芸術を通していい女性らしさの意味に変化してゆくのだというように、小説『緋文字』は読むことができる。『緋文字』は姦通の罪を犯した女性の足跡をたどることで、女性が《家庭》を聖域のように作り上げること、すなわち女性と《家庭らしさ》のつながりを強調する結果をもたらしていると考えられる。

おわりに

アン・ハッチンソンの追放という結果に終わった一七世紀のアンティノミアン論争を、ホーソーンが『緋文字』の中でヘスター・プリンという主人公をつくり、一九世紀の社会という文脈に埋め込むことにより結末をつけたと考えると、アメリカの社会における女性らしさの変化が見えてくる。ハッチンソンは植民地初期の秩序立てをしようというとき、その秩序を乱す可能性があったので裁判で有罪となった。そのとき女性であったため、規範を踏みこえた女性として取り上げられ、アメリカ社会における最初の女性らしさを規定する結果となった。一九世紀には独立革命の混乱も過ぎ去り社会全体が落ち着きを得ていて、女性も本を出版することができるというように生活に余裕が出てきた状況にあった。そのような一九世紀社会に一七世紀の規範を逸した女性という設定を組み入れることによって、ホーソーンは女性が家庭的であること（domesticity）という新たな社会により必要となる秩序を描き、新たな女性らしさを規定する結果となったとみることができるのである。

＊小論は日本ナサニエル・ホーソーン協会シンポジウム（二〇〇〇年五月二〇日、於日本大学文理学部）での口頭発表に加筆訂正を施したものである。

主な参考文献

Armstrong, Nancy. *Desire and Domestic Fiction: A Political History of the Novel.* New York: Oxford University Press, 1987.

Bensick, Carol. "His Folly, Her Weakness: Demystified Adultery in the *The Scarlet Letter.*" Ed. Michael Colacurcio. *New Essays on* The Scarlet Letter. New York: Cambridge University Press, 1985.

Colacurcio, Micheal J. "Footsteps of Anne Hutchinson: The Context of *The Scarlet Letter.*" *ELH* 79 (1972): 459-94.

———. "'The Woman's Own Choice': Sex, Metaphor, and the Puritan 'Sources' of *The Scarlet Letter*." Ed. Colacurcio. *New Essays on* The Scarlet Letter.

Gilmore, Michael T. "Hawthorne and the Making of the Middle Class." Eds. Wai Chee Dimock and Michael T. Gilmore. *Rethinking Class: Literary Studies and Social Formations.* New York: Columbia University Press, 1994.

Lang, Amy Schrager. *Prophetic Woman: Anne Hutchinson and the Problem of Dissent in the Literature of New England.* Berkeley: University of California Press, 1987.

Ulrich, Laurel Thatcher. *Good Wives: Image and Reality in the Lives of Women in Northern New England, 1650-1750.* New York: Vintage Books, 1982.

辻本庸子「Gender の相剋——『緋文字』考」『アメリカ文学研究』第二九号（一九九二）、一九—三一。

注

（1） John Winthrop, *The Journal of John Winthrop, 1630-1649*, eds. Richard S. Dunn, James Savage and Laetitia Yeandle (Cambridge, Harvard University Press, 1996), 193. 以下、ウィンスロップの日

記からの引用はこの本の頁数のみ示す。

（2）"The Examination of Mrs. Anne Hutchinson at the Court at Newtown," David D. Hall, ed. *The Antinomian Controversy, 1636-1638: A Documentary History*, 2d ed. (Durham: Duke University Press, 1990), 336-37. 以下、ハッチンソンの裁判記録についてはこの本から引用し、頁数のみを記す。

（3）この点について、詳しくは拙稿「初期ピューリタン植民地における想像力・身体・性差の境界――アン・ハッチンソンの裁判をめぐって――」『アメリカ研究』第三二号（一九九八）、一二七－四四で論じている。

（4）"A Report of the Trial of Mrs. Anne Hutchinson before the Church in Boston," Hall, ed., *The Antinomian Controversy*, 382-83.

（5）ハッチンソンは一五人の子供を生んだが、最後のもうひとりが流産という結果になったために《モンスター》の母といわれた。

（6）Nathaniel Hawthorne, *The Scarlet Letter: An Authoritative Text Essays in Criticism and Scholarship*, 3d ed. (New York: W. W. Norton, 1988), 130. 以下の引用はこの本の頁数を示す。また翻訳は八木敏雄訳『完訳緋文字』（岩波文庫、一九九二）を参考にさせていただいた。

（7）Nina Baym, "Passion and Authority in *The Scarlet Letter*," *New England Quarterly* 43 (1970): 209-230.

（8）Laurel Ulrich, "Of Pens and Needles: Sources in Early American Women's History," *Journal of American History* 76 (1990): 200-207.

（9）古典的なものとして、Nancy F. Cott, *The Bonds of Womanhood: "Woman's Sphere" in New England, 1780-1835* (New Haven: Yale University Press, 1977), 1-2.

（10）"Mrs. Hutchinson." Nathaniel Hawthorne, *Selected Tales and Sketches* (New York: Penguin Books, 1987), 15. 以下、この文章からの引用はこの本から頁数のみで記す。

『緋文字』と「父親」の誕生

成田雅彦

ホーソーンの作品においては、「父親」の存在が重要な意味を持っている。「僕の親戚モリノー少佐」や「ロジャー・マルビンの埋葬」など、登場人物の運命が、父親的人物の影によって翻弄されていく初期作品から後期のロマンスに至るまで、この作家は、父親的権威との軋轢に苦しむ人物像を描き続けたといっても過言ではないだろう。船乗りの父を四歳に満たずして失い、父なし子として育った人間にとって、「父親」や「父性的権威」が抜き差しならない問題であるのは当然であるが、[1] 興味深いのは、ホーソーンが父なし子という自分の運命を見据え、作品中に「父親」の影を追っていくうちに、十九世紀アメリカ社会や文化の深層を洞察する重要な視点までも獲得したように見える点である。このことは、他のアメリカン・ルネッサンスの主要作家たち、例えばエマソンやメルヴィル、そしてポーが、やはり、その「孤児」的運命によって時代精神に推参し得た観があるのと軌を一にしている。[2] 十九世紀は、いわば、宗教的・精神的混乱の中で、価値体系の基盤たる象徴的権威としての「父親」を見失った時代であったが、(3) ホーソーンもまた「父親」探求の中で、そうした時代背景の中心に位置する絶対的父権の不在、精神的空虚と直面したように見えるのである。

『緋文字』は、父性との軋轢という問題を最も濃厚に描き、最も深く追求した作品である。そこに描かれる十七世紀のピューリタン社会は、行政と宗教を司る長老たちによって統制される典型的な父権的社会であり、「父親」の権威が絶対視される社会である。ヘスターやディムズデイル、そしてパールの運命は、その権力との対立を軸として展開していくのである。しかも、ホーソーンにおける「父親」の意味を考える上で、『緋文字』は、他の作品には見られない特徴を有している。これまで指摘されることは少なかったが、この物語は、ピューリタンの指導者たちを通して伝統的な父性的権威を描き、その圧力の重みに耐える登場人物を描いているだけではなく、そうした父性的権威とは根本的に異なった、新しい「父親」の誕生を中心的テーマに据えているのである。言うまでもなく、それはディムズデイルによって体現される。『緋文字』は、罪の魂に及ぼす影響を描いた物語であると同時に、強力なピューリタンの父親的人物たちの間で罪におののきながら息を潜めていたこの牧師が、やがて彼等の父性的権威を乗り越え、自ら父親として立ち上がるに至る物語なのである。

有名な最後の処刑台の場面で、ディムズデイルは七年間胸に隠してきた罪を告白しようとして、処刑台に立ち、死んでいく。だが、これは、単なる「罪の悔悟の物語」としての『緋文字』のクライマックスではない。この場面の重要さは、むしろ、この若き牧師が罪の子パールの父親という、それまでの有徳の汚れなき魂という名声とは正反対の、そしてピューリタンの父親的な権力者たちとも全く異なった、新たな「父性」として公衆の面前に立つことにあるのだ。ヘンリー・ジェイムズ以来、ディムズデイルを物語の主人公とする見方は根強くあるものの（八九）、この牧師の「父親」としての重要性は、これまでほとんど顧みられることがなかったように見える。それどころか、この牧師は、最後に至るまで自らの内面の声を封じ込めつづけた徹底した体制主義者であり、彼は「父親」として立ったにしても、それは、自らをこのピューリタン社会の父性的権威に重ねただけという見方さえある（ベル 一九七一年 四七）。しかし、この二つの父性の間には、はっきりと深い溝がある。「父親」として立つや、死んでいかなければならなかったディムズデイルではあるが、一瞬であれ、自分の保護者的存在であったピューリタン社会の長老たちの権威を離れ、新しい父性として自らを示した事実は存在するのであり、その意義は、実は極めて大きいのである。その新たな父性の意味を問うこと——最初の本格的なロマンスの実践たる『緋文字』が呈示するのはこの問題なのであり、この問いには、実はあまり単純ではない問題が潜んでいるのだ。

『緋文字』の語り手は、ディムズデイルが一種の変身を遂げ、「父親」として立つことの重要性を際立たせるかのように、結末に至るまで、繰り返し彼の、まるで「子どものような」性格を強調している。例えば、物語の中心をなす三つの処刑台の場面を見てみよう。ディムズデイルは、初めて登場する冒頭の処刑台の場面では、偉大な弁舌の才を持ち、宗教的情熱にあふれた学者のような人物とされながら、「素朴で子どものような」(六六)性格であることが紹介されている。この牧師が、真夜中、わが身を苛みながら一人処刑台に立つ第二の場面は、さらに興味深い。漆黒の闇の中、処刑台に立つ彼は、遠くから提灯をかかげたジョン・ウイルソン牧師が近づいて来るのに気づき、自分が見つけられ、罪が暴かれればいいと思うと同時に、それを怖れる。語り手は、それがまるで、子どもが父親に対して抱くような怖れであることを暗示しているのだ。ウイルソンは、"Father Wilson" と呼ばれ、ディムズデイルの"professional father"(一五〇)であると念を押して言及されているからである。最後の処刑台の場面も例外ではない。ヘスターとパールとともに処刑台に立ち、罪を告白しようとする場面でも、彼の子どものような態度は、いよいよ明らかになってくる。語り手は、次のように描いている。「牧師は震えながら、しかし断固として[ウイルソン師("Father Wilson")の]手を払い除けた。……彼は、まだ歩みを前に進めていたが、その動作を描くとすれば、それはむしろ自分を迎え入れようとして母親が広げた腕を見て、よちよちと歩いていく幼児の歩みに似ていた」(二五一)。ここではディムズデイルは、まるでヘスターという「母親」の子どもさながらに描かれているのである。

「子供のような」ディムズデイルにとっての父親的権威とは、もちろん、ウイルソンによって代表されるピューリタン社会の宗教的、また政治的指導者たちである。そして、銘記されなければならないのは、「子どものような」ディムズデイルは、将来、この職業上の先輩たちと同じような父性的権威、

"Father Dimmesdale" となることを嘱望されているということである。オックスフォードで学者として名声を博した彼は、「通常の人生の年月を生きて働くことができるなら、今は弱体化してしまったニュー・イングランドの教会のために、昔の教父たちが、初期教会のために成し遂げたような、偉大な行為をなすべく運命づけられた天与の使徒」（一二〇）だと考えられたのである。語り手はまた、牧師の蔵書を紹介して、「羊皮紙で装丁した初期教会の教父たち（"Fathers"）の書いた二つ折り版の本や、ユダヤ教のラビたちの学問書、そして修道僧の博学を伝える書物」（一二六）などで満ちていたと述べている。ディムズデイルは、身の回りを宗教的権威たる教父たち（"Fathers"）の著作で取り囲み、将来は自らもプロテスタント的伝統に立った一人の教父的人物 "Father" たることを期していたのである。しかし、ディムズデイルは、このピューリタン社会の父親的人物の期待するような「父」になることはついにできなかった。「子どものように」伝統的な父親的権威の影におびえつつも、この牧師が最後に成し遂げたことは、この社会を支えるどころか、それを根本から揺るがしかねない存在としての「父親」になることだったのである。

ディムズデイルにとって、この全く異なる二つの「父親」が、それぞれどんな意味を持っていたかを考えてみることは重要である。それを検討することによって、この牧師が最終的に何を捨象し、何を選びとったか、そして彼の体現した「父親」が何を意味するかが、明らかになるからである。だが、その議論の前提として一つの事実を確認しておきたい。それは、『緋文字』が、対立する二つの世界の緊張上に成り立った物語だということである。まず第一に、作品冒頭の、処女地を切り開いて建てられた監獄とそれに対立する自然を体現する野ばらのイメージに象徴されるように、この十七世紀ピューリタン社会は、広大な荒々しい荒野の中に築かれてまだ日の浅い、しかし筋金入りの厳格な規律を基盤にした文明空間である。したがって、この物語は、その設定からして「自然」対「文明」という対立の図式を内に抱え込んでおり、それはさらにディムズデイルとヘスターの物語を通じて、アメリカ文学の伝統的なクリシェともいうべき、意識と無意識、精神と肉体、頭と心といった対立軸を呼び込んでいく。例えば、ピューリタン社会とヘスターとの対立というこの作品の中心を貫くモチーフにしても、これらの対立軸を多面的に象徴していることは言うまでもない。読み手は、作品中のいたるところで、こうした対立軸に直面することになる。ディムズデイルが、このピューリタン社会の父性的権威の継承者となるのではなく、パールの父親として立ち上がることとの意味は、これらの対立軸との関係で捉えられた時、より鮮明な意味を帯びてくるのである。

ディムズデイルは、元来「生まれながらの牧師、生まれながらの宗教家」として、社会を支える倫理規範に無条件に従う性向がある。「どのような社会の状態においても、彼は、いわゆる自由主義的な見方をする人間ではありえなかったであろう」と語り手は述べ、さらに「彼の心の平静のためには、それが彼を鉄の枠組みの中に閉じ込めるとしても、信仰の圧力を身のまわりに感じていることが不可欠であった」（一二三）と言う。つまり、ディムズデイルは、この社会の父権的な「鉄の枠組み」を守るべくして生まれてきた保守的人間であり、前述のように、初期教会の教父たち、また、ピューリタンの先達の踏み固めた道をそのまま辿ることを求められていたのである。しかし、チリングワースが見抜いたように、「純粋で、全く精神的」に見えるディムズデイルはまた「彼の父か母から、強い動物的な性質」(一三〇)も受け継いでいたのである。この点は注意して受け取る必要がある。彼は単に体制順応型の保守派であったのではない。むしろ、自分の中のこうした反社会的な激しい生命力を意識し、それを怖れるがゆえに保守的倫理の鎖で自身を縛る必要があったのである。しかも、実際、自身の怖れるこの激しい情念のゆえに、ヘスターとの間に罪を犯してしまう。ディムズデイルは、『緋文字』という作品の基盤たる二つの異質な世界の対立を、最も先鋭な形で自らの内に抱えていたと言ってもよい。

ピューリタン社会の父性的権威を引き継ぐことは、宗教的また倫理的保守として生きることである。それは、この社会の倫理規範を保持し、自らがその体現者となることであるが、それと同時にディムズデイルにとっては、自己の内面からの声と「動物的な性質」を黙殺し、社会の掟の下に自分を無にすることでもある。もちろん、その掟はすでに一度破ってしまっている。しかし、その後の牧師は、前にも増して徹底して自らの精神と肉体を厳しいピューリタン社会の規律という鎖で縛ろうとするのだ。物語のクライマックスの一つである森の場面で、ヘスターは、牧師に、彼らが七年前にしたことは、「それなりの神聖さ」(a consecration of its own) があったのだと説く。だが、ディムズデイルは、その言葉のなかに一抹の真実があると胸の中で感じながらも、それを明言することができない。彼は、ピューリタン社会の父性的権威の側に立つ自分の立場を必死で保持しようとする。自分が偽りの生を生き、自らの精神が分裂しようとする間際まで来ていることは承知している。ただ、この牧師には、たとえ自分という人間がどんなに虚偽の存在であっても、この社会の掟で自らを縛り、それによって自分というものを規定する以外、なすすべを知らないのだ。

しかし、このヘスターとの森での邂逅は、ディムズデイルの中に決定的な変化を引き起こす。ピューリタン社会の中にあっては、この牧師の内面の苦悩は決して声になることはなく、常に胸の奥底で呻吟していたのである。だが、森という、ピューリタン社会から見れば全くの異端の領域で、ディムズデイルは、初めて自分の苦悩を吐露しうる空間を得る。緋文字を捨て去り、日の光を浴びて豊かな髪をふりほどき、まるで自然の女神さながらに生命の輝きに包まれるヘスターのように、彼もまた社会の道徳の束縛から次第に解放されて、それまで抑圧されていた内面の声がよみがえりはじめるのだ。牧師は、自らの内に歓喜がこみ上げてくるのさえ感じる。その精神は、「いわば、弾みをつけて天高く舞い上がり、彼を地上にしばりつけていた悲運の状態ではとうてい望みえなかった天上が、すぐ近くに見えるほどの高みに到達した」(二〇一)と語り手は述べている。森を出たディムズデイルは、自分の中で何か大きな変化が起こり、自分の抑制がきかないことを感じる。内面からの衝動を抑え切れずに、牧師としての自分に心酔している婦人に不敬な言葉を浴びせかけたり、また、それまで書いていた説教原稿を破棄し、内から湧き出るエネルギーに身をまかせて、取り憑かれたように書き直す作業に没頭することは周知のとおりである。ここから、最後の処刑台の場面で、自分がパールの父親だと宣言するまでは、あと一歩なのである。

だが、このような経緯を経て、罪に汚れた一人の父親として人々の前に立つディムズデイルの行為を正当に捉えることは、それほど簡単ではない。ニーナ・ベイムは、内面の声に従って説教原稿を書くディムズデイルを一種のロマン主義的芸術家として捉えている（一三七）。マイケル・ベルもまた、ヘスターとディムズデイルの両者に芸術家的側面があるとしている（ベル 一九八五 四七）。『叙情歌謡集』一八〇〇年版序文に付されたワーズワースの有名な言葉、「詩とは、力強い感情が自然に溢れ出たものだ」（四四八）を今仮にロマン主義的芸術観の代表として思い出してみれば、彼らの見方は、一面の真実をついているだろう。自分の内面からの声に突き動かされる牧師には、確かにロマン主義的ともいえる芸術家の面影が感じられなくはない。しかし、果たして本当にそうだろうか。彼の行った説教をよく注意して見れば、それは内面をただ単純に吐露するという行為とは、実は、はなはだ異なっていることが分かるのである。一時はヘスターの提案に従って、このピューリタン社会から脱出することに同意したディムズデイルであるが、パールの父親として人々の前に立った彼には、もはやそんな計画など眼中にないように見える。しかも、内面から湧き出る声を書きつけたはずの原稿を前にしながら、彼の演説は、その声を抑圧してきたはずのピューリタン社会を決して拒絶してはいない。それでは、説教壇から人々の魂を揺さぶるような説教を行い、その後、処刑台に登ってパールの父親として死んでいくディムズデイルの行為は、一体、どう解釈したらいいのであろうか。そのヒントは、森でヘスターが彼に語った「それなりの神聖さ」(“a consecration of its own”)という言葉にあるように思われる。

ピューリタンの権力者たち、つまり、この社会の保守的な父性的権威から見る限り、ディムズデイルとヘスターの犯した行為には、もちろん「それなりの神聖さ」などは認められない。それは、自分たちの社会の根幹をゆるがす危険な罪であり、徹底的に断罪されなければならない。「宗教と法律がほとんど同じ」(五〇)というこの社会の言説に従えば、それはヘスターの胸のA、“Adultery”のAという文字によって規定されるべき反社会的行為であり、それ以上でも、それ以下でもないのである。いうまでもなく、ディムズデイルとヘスターが犯した行為は、もともと、抑え難い激しい情念、人間の内部に宿る生命の声につき動かされたものであり、その罪は人間社会の歴史とともに古いといっても過言ではないだろう。しかし、この罪に対するこの社会の対応の特異性は、注目に値する。ピューリタンの指導者たちは、Aという、自分たちの社会の根幹をなす言語体系の記号を用いて、この行為を置き換えようとするのである。それはもちろん、その記号を用いて人々にその罪の重大さを知らしめるためであるが、同時に、この記号化の行為は、人間の本性に対しての、ある隠蔽を行うという性格を持っている。それは他でもない。ピューリタンの指導者たちは、罪の記号化によって、記号化からは漏れてしまう豊かで複雑な個人の内面の声を切り捨て、それが自分たちの社会、あるいは戒律と接点を持つ点——すなわち社会規範の破戒という側面——以外は、完全に黙殺するということである。見方を変えれば、個人の情念はこの社会にとって悪の温床にほかならず、それはAという文字によって封印してしまうべき存在なのである。

ディムズデイルとヘスターの過ちの結果であるパール、この生きた緋文字ともいうべき不思議な子どもが、この社会と徹底して対立し、この社会のどこにも自分の居場所を見つけられず、また、自分の父親も発見できないという事実は、この意味でまことに暗示的である。これは、パールの存在を正確に捉えうる言説が、この社会には存在していないことを示している。この社会は、成熟した知恵に基盤を置く社会でありながら、その成員たる個人の内面深く注がれるべき透徹した「まなざし」を欠いている。ディムズデイルとヘスターの過ちに「それなりの神聖さ」を見るどころか、カルヴィニズムの正統をあくまで貫くかのように、「自然の」ままの人間性を明確に拒否するのである。ディムズデイル自身もまた、ヘスターと森で出会うまでは、ピューリタンの指導者たちと同じ立場に立とうとしていた。自分たちの過ちは、無条件に否定すべき罪に他ならず、そこには「それなりの神聖さ」を認める視点などはまったく存在していないと考えることを、この牧師は、自分に強いていたところがある。

ところで、「それなりの神聖さ」(a consecration of its own)の"consecration"という言葉が、もともとカトリックの教会儀式に由来することは銘記すべきであろう。それは元来、聖餐式、特に「聖別」と呼ばれる儀式の意味であり、この儀式の中では、祭司がイエスの聖別の言葉を唱えることによって、パンとワインがキリストの肉体と血に変化する神秘的現象が起こるとされている。まったくの世俗の事物にすぎないパンとワインとが、現世的なものであると同時に、聖なる物質にもなるのである。[4] つまり、この儀式において、ほんらいまったく相容れないはずの聖と俗とがパンとワインの中に共存するのである（湯浅、一八九―二〇〇）。ヘスターが自分で気づいているかはともかく、自分たちの行為には〝a consecration〟があると言った時、彼女はこの物語の中に、カトリック的とでも言うべき視点を導入したのである。ディムズデイルと彼女の過ちは、確かに罪である。しかし、それを引き起こした彼らの情念、生命の奔流の中には、邪悪なものと同時に、何か神聖なものもまた同時に存在している。パンとワインとが、カトリックの儀式の中で、俗なものでありつつ聖なる事物ともなるように、この〝consecration〟という言葉は、彼らの罪深い、邪悪な行為の中に、ある神聖さに通じる萌芽が隠されているのだという示唆が込められているのである。そして、これは、カトリックの人間観にも通じるものを含んでいる。カトリックは、人間の本性が原罪に汚れているのは事実としても、それによって神が人間の本性に付与した原初的恩寵自体は失われることはないと考えるからである（三雲、一六）。ただ注意しなければならないのは、ヘスターにとって自分たちの行為の意味は、あくまで「神聖さ」の方に力点が置かれていることであろう。ピューリタン社会に敢然と立ち向かう彼女は、自分のしたことに恥ずべき何物も見出していない。この点でヘスターは、まだこのカトリック的複眼思考に到達してはいないのである。

ホーソーンは、ジェイムズ・ラッセル・ローエルに対し、もともとは、ディムズデイルにカトリックの神父に対して罪を告白させる計画があったことを述べている。この事実一つを見ても、『緋文字』執筆中のホーソーンに、カトリシズムが念頭にあったことがわかるだろう。だが、この計画は実行に移されることはなかった。その代わりにホーソーンは、知事の就任の日という、このピューリタン社会の正統的言説が改めて確認されるべき説教壇から、ディムズデイルに演説を行わせ、さらに処刑台から、自分こそが不義の子パールの父親であることを明らかにさせるのである。ピューリタン社会の伝統的な父性的権威を継承するのとは異なり、このような設定を背景にして行われるディムズデイルの父親宣言は、実に深い意味を持っている。それは、ヘスターが“a consecration of its own”という数語で暗示したことの深く複雑な内実を、公衆の面前に開示することだったのである。(5)

ヘスターと出会った森の中で、ディムズデイルは、自らの内的真実に出会ったと言ってもいいだろう。森は無意識の闇を象徴する領域であり、そこでこの牧師は、ピューリタン社会の中では虚偽を重ねなければならない自分の魂を正直に見つめ直すことができたのである。「もし私が無神論者、良心のない、粗雑で野蛮な本能を持った恥知らずの人間だったら、私は今よりずっと以前に心の平和を見出し得ていたかもしれない」(一九一)。彼はヘスターに対してこのように語る。前述のようにディムズデイルは、生来、社会の権威と道徳に従っていくことがふさわしいと考える人間であり、犯した罪を隠すことによって、そうした社会と神の法とを裏切っていることに苦悶するのである。だが、森でヘスターと出会うことによって、その苦悶の内実が微妙に変化する。それは表面上はわずかの変化にすぎないが、語り手の言うように、牧師の「内部の人間」は、「思考と感情の領域において革命を経験」したのである（二一七)。

だが、この森での覚醒の後、ディムズデイルがヘスターと同じ立場に立ったわけではないことは、注意する必要がある。牧師との過ちに「それなりの神聖さ」があったと言うヘスターは、内面より湧き上がってくる声に忠実であった自己の行為をよしとする一種のロマン主義的個人主義を体現しており（エイベル、三〇三）、それは作品中でも言及されているように、アン・ハッチンスン流のアンティノミアニズムにつながる要素を確かに含んでいる。しかし、ヘスターの力を借りて自己と出会ったディムズデイルは、むしろ逆説的に、自己というものが決して究極の価値とはなりえないという立場に改めて到達したように見える。自分の犯した罪は、それを促した内面の欲動まで含めて全否定すべき悪であると捉えるピューリタンの思考に慣れてきたディムズデイルは、ヘスターによって、その行為の中に「それなりの神聖さ」があると教えられても、けっしてそれを鵜呑みにはできない。だが、正統的プロテスタンティズムの伝統に育まれてきた牧師は、この言葉によって、それまで完全に堕落し腐敗した闇そのものと信じてきた人間の情念の中に、一筋の光が差し込んでいることに目が開かれるのである。いわば、人間の本性を単眼で見る思考から脱して、複眼によって捉える思考――ディムズデイルが獲得したのは、この視点に他ならない。そうして、その複眼的思考とは、ピューリタンの指導者たちも、またヘスターでさえもついに持ちえなかった思考なのである。

ディムズデイルが、物語の最後で処刑台に立ち、パールの父親であることを宣言する行為の重要さは、以上のような事実を念頭に置かない限り決して理解できない。ディムズデイルの体現する新しい父性とは、何よりも二つの分断された世界をつなぎあわせる父性である。処刑台に立った「パールの父親」としてのディムズデイルを通して、様々な形での「和解」が起こっていることは、看過すべきではない。この新しい父性的権威としての牧師を通して、現在という瞬間が罪に汚れた過去と和解し、偽善的な聖人のごとき外面が内面の真実と和解し、ヘスターの緋文字Aが、彼の胸に浮き出たというAの文字と和解する。さらに重要なのは、ディムズデイルの内面の抑圧された声が、社会的言語の代表たる説教と一致するということである。この最後の処刑台の場面は、新しい知事が誕生するという、ニュー・イングランドにとっては祝祭的な場面であり、「新世界の父」（ベル　一九七一　一六〇）たるウインスロップ亡きあと空白となっていた父の座に、新しい父性の座るはずの場面である。しかし、そこに立った新たな父性は、知事自身ではなく、パールの父親、ディムズデイルなのである。

ディムズデイルの体現する父性的権威は、人間の内部に潜む情念を堕落したものとして切り捨てて、強力な「意識」のみによって社会を統制しようというピューリタン的父性ではない。それは、むしろ、その価値体系の中で伝統的に切り捨てられてきた世界とも対話を試みる父性である。「税関」の序文にあるように、ヘスターの物語は、税関の屋根裏部屋という、社会の日常の営みからは忘れ去られた記憶の詰まった空間で発見されたことになっている。ディムズデイルの体現する父性的権威は、その屋根裏部屋を封印したままに放置するのではなく、その暗い領域に足を踏み入れて、風化しようとしているへスターの物語から「人間の心の真実」を救い出そうとする父性である。もちろん、ディムズデイルが、ヘスターと出会った暗い森に留まることなく、日の光の世界に戻って知事就任の説教を行ったように、その新しい父性的権威は、税関の屋根裏部屋に留まることをよしとするのではない。それは、あくまでこの屋根裏部屋的世界と日常の世界との間に対話を確立しうる「言説」を指向するのである。

この二つの世界の橋渡しを目指す新しい父親の「言説」が、何を意味するかを正確に定義することは難しい。それは前述の、この作品中に埋め込まれた、文明と自然、意識と無意識、頭と心といった様々な対立軸を和解させる言説であると一応は言えるであろう。しかし、それはホーソーンにとって、もっと切実な「和解」を目指しているのではないだろうか。近年の『緋文字』批評には、例えば、シュレジンガーの言う「現代アメリカ社会の分裂」への危惧を背景とするかのように、社会と個人の対立を説いてヘスターの個人主義を賛えるよりも、むしろ『緋文字』を社会と個人の和解の物語と見なす風潮が強い。バーコヴィッチの『緋文字の役割』(一九九一年)などは、その基調を形成した重要な研究といえるだろう。物語の最後におけるヘスターのニュー・イングランドへの帰還の意味を「社会に順応《コンフォーム》するのではなく、社会に対して同意《コンセント》を示した結果の行動」(序文 一三)と理解し、それが個人と社会との妥協点を模索しようとする十九世紀のリベラル・イデオロギーを体現したものだと見るバーコヴィッチは、『緋文字』の中に、明らかに和解の物語を読み取ろうとしている。またアルカーナのように、『緋文字』をスコティッシュ・コモンセンスとの関連で再考し、この作品がこの哲学の、個人と社会のバランスのとれた関係を指向する考え方に基づいている（三二）とする批評家も同様であろう。しかしながら、彼らがヘスターの中に読み取ろうとしている個人と社会の和解の言説は、実は、これまで見たようにディムズデイルの父親として立つ行為の中に、より鮮明に象徴されているのである。しかも、この牧師の「言説」は、新歴史主義が『緋文字』に読み取る、政治的に解体の危機に直面していた十九世紀アメリカ社会へのメッセージという以上の多様な含みを持っているように見える。

繰り返しになるが、自らの父なし子としての運命を追求することによってホーソーンは、同時代のアメリカ精神を開く鍵も同時に見つけたようなところがある。その一端は、バーコヴィッチなどの批評家によって見事に解明されたと言ってもいいだろう。しかし、それは、例えば「リベラル・イデオロギー」という言葉では蔽い切れない内実も含んでいるのではないだろうか。というよりも、どんな時代も政治や経済の用語だけでは語り切れない、無数の人々の無念や喜びの集積の上に成り立っているのであって、ホーソーンの視線は、自分やそうした同時代人の精神世界の深みに向けられていたように思われるのである。よく知られているように、ホーソーンのロマンスは、明と暗という対立する二つの世界の混じり合う場の言説である。それは、日の光一色に覆われた世界ではなく、むしろ月の光を浴びた薄暗い世界、太陽の下では決して現れてこない様相を呈する世界を舞台とし、「現実と想像の間の中間領域」に生起する言説である。ホーソーンには、「父親」を失った十九世紀の時代精神が、父なし子たる自身の魂と同じように分断され、傷を負っているように見えたのであり、ロマンスとは、その傷を癒す一人の「父性」の立場を呈示する文学ではなかったろうか。ディムズデイルが、パールの父親として人々の前に立ったのは、ほんの一瞬のことにすぎない。しかし、その時、ディムズデイルは、自身の魂に分裂を引き起こすに至った「父親」に代わり、むしろ統合する父の言説を提示したのである。その新たな「父親」の言説は、ホーソーン自身の目指したロマンスの言説にどこかで通じているように見える。

注釈

（1）グロリア・アーリッヒは、父親を失ったことからホーソーンの根無し草の運命が始まったとしている（一〇五）。また、メローの伝記もホーソーン作品の若い主人公たちの多くが、父親的人物に翻弄される事実を指摘している（一四）。

（2）エマソンは八歳、メルヴィルは十三歳に満たずして父親を失い、ポーにいたっては二歳にして両親を失っている。彼等の「孤児的」運命と時代精神との関係は、興味深い問題として考慮してみる必要がある。

（3）この事実を典型的に暗示したものとして、例えば『白鯨』の中のイシュメイルの言葉があげられるだろう。「捨て子の父親はどこに隠されているのだ。我々の魂は、結婚しなかった母が死ぬ間際に産み落とした孤児のようなものだ。我々の父親の秘密は、母たちの墓の中にある。それを知るには、そこに行ってみなければならない」（四〇六）。いうまでもなく、「父親」は、ドストエフスキーやツルゲーネフに典型的に見られるように、同時代のヨーロッパの作家にとっても大きな問題であった。

（4）聖餐の変化については、パンとワインがキリストの肉と血そのものに変化すると信じるカトリックの化体説に対して、ルターの実在説、ツウィングリの象徴説などの異なった考え方がある。（『キリスト教大事典』六一一〜一一二）

（5） ロイ・メールは、カトリシズムには言及してはいないが、ディムズデイルの変身を論じて、この牧師の最後の説教壇の言葉は、自らを縛っていた古い人間社会の言葉（words）を捨て、神の言葉（the Word）を選択した結果であると論じている（一一三）。

＊拙論は、日本ナサニエル・ホーソーン協会全国大会（一九九七年五月二十三日、仙台白百合女子大学）での口頭発表に加筆したものである。当日、貴重なご意見を頂いた諸先生に感謝いたします。

参考文献

Abel, Darrel. "Hawthorne's Hester." *College English* 13 (1952): 303-9.

Alkana, Joseph. *The Social Self: Hawthorne, Howells, William James, and Nineteenth-Century Psychology*. Lexington: The University Press of Kentucky, 1997.

Baym, Nina. *The Shape of Hawthorne's Career*. Ithaca: Cornell University Press, 1976.

Bell, Michael Davitt. "The Young Minister and the Puritan Fathers: A Note on History in 'The Scarlet Letter.'" *Nathaniel Hawthorne Journal* (1971): 159-167.

———. "Arts of Deception: Hawthorne, "Romance," and *The Scarlet Letter*," *New Essays on The Scarlet Letter*. Ed. Michael J. Colarcurcio. New York: Cambridge University Press, 1985.

Bercovitch, Sacvan. *The Office of The Scarlet Letter*. Baltimore: Johns Hopkins University Press, 1991.

Erlich, Gloria C. *Family Themes and Hawthorne's Fiction: The Tenacious Web*. New Brunswick: Rutgers University Press, 1984.

Hawthorne, Nathaniel. *The Scarlet Letter*. The Centenary Edition. Columbus: Ohio State University Press, 1962.

James, Henry. *Hawthorne*. 1879. Ithaca: Cornell University Press, 1977.
Male, Roy R. *Hawthorne's Tragic Vision*. Austin: University of Texas Press, 1957.
Mellow, James R. *Nathaniel Hawthorne in His Times*. Boston: Houghton Mifflin Company, 1980.
Melville, Herman. *Moby-Dick*. New York: W.W. Norton, 1967.
Wordsworth, William. "Preface to the Second Edition of Lyrical Ballads (1800)," *Selected Poems and Prefaces by William Wordsworth*. Boston: Houghton Mifflin Company, 1965.
三雲夏生　『カトリシズムにおける人間』（春秋社、一九九四年）
湯浅泰雄　『ユングとヨーロッパ精神』（人文書院、一九七九年）
八木敏雄訳　『完訳　緋文字』（岩波文庫、一九九二年）　＊引用の訳文は基本的に本書を使用させていただいた。
『キリスト教大事典』　改訂新版（教文館、一九六八年）

「汝を創りしは誰ぞ」
――『緋文字』の怪物的誕生――

高尾直知

『アンクル・トムの小屋』中盤、気の進まぬままに自らの所有物となった黒人少女トプシーを、ミス・オフィーリアが尋問する。この場面は、ストウがいかに「ホーソーン学校」で薫陶を受けたかを示していて、一八五〇年代の二つの古典作品を考える上で示唆に富んでいる。

「神様のことを聞いたことある？　トプシー」

トプシーはとまどったようだったが、あいかわらずニヤニヤしていた。

「どなたがあなたをお創りになったのか、知ってるの？」

「誰にも創られちゃないさ」と、トプシーは短く笑う。

少女はこの思いつきがひどくお気に召した様子で、悪戯っぽく瞳を輝かせながら、こうつけ加えた。
「多分その辺から生えてきたんだろうよ。誰に創られたってわけでもないって」(二一〇)
ストウにとってホーソーンが倣うべき先輩作家であったことは、ジェームズ・D・ウォレスなどにより明らかにされていることだから、この対話の下敷きに『緋文字』の一場面が用いられていること自体は、それほど驚くにはあたらない。念のため、『緋文字』から問題の場面を引用しておくと
「パール」彼［ウィルソン牧師］はたいそう厳めしくいった。「聖書の教えに耳を傾けなければなりませんぞ。……さあ、いって御覧なさい。誰がお前さんをこしらえたのか」
……子供なら誰でも多少は持っており、しかもこのパールは人の十倍も持ち合わせていたところの片意地が、今、もっとも都合のわるいときに、彼女の心を占領してしまって、唇を閉じさせ、間違った言葉を語らせたのであった。指を口にあて、没義道にもウィルスン氏の質問に幾度か答えまいとした後に、子供はとうとう、わたしは決してこしらえられたのではありません。お母さんが監獄の門のかたわらに生えている野薔薇の茂みからむしり取ってきたのです、と答えた。(七七)
「汝を創りしは誰ぞ」とは、宗教改革以来、子供向け教義問答書《カテキズム》の第一問に置かれてきた、いわば幼

児教育のイロハだったわけだから、二人の教師がこの問を投げかけて、子供の霊性を確かめようとしたのは当然のことだ。むしろ興味深いのは、トプシーの人物造形にパールが関わっているという事実、トプシーを生み出すストウの創造力にパールが色濃く影を落としているという不思議だろう。ストウは『アンクル・トムの小屋への鍵』の中で、トプシーを解説しながら、「人の友愛」からはじき出された黒人奴隷たちは、「人とも獣ともつかない異形の生き物」に貶められていると訴えるが（五二）、ストウにとってパールもまたそのような「異形の生き物」としてとらえられていたのだ。「あたしゃわるだ《ウィキド》から」とくり返すトプシーは、「何か穢れて邪な《ウィキド》目的のために」（六九）生まれてきたと噂される私生児の生まれ変わりだ。

　確かに、アーサーの死に際のキスによって、「人の悲喜」の中に招じいれられるパールと、死の床にあるエヴァの諭しによりキリストの愛に目覚めるトプシーとは、物語上同様の軌跡を描く。また二人とも、結局おのが「母国」（あくまで括弧付きだが）――かたやアフリカ、かたやヨーロッパへと立ち戻るのも、物語経営の必然を表している。しかし、そのような表面的な相似を越えて、トプシーの「奇妙さ《オディティ》」のうちに――この言葉はこの少女について、偏執的なまでにくり返されるのだが（二〇六－〇七）――ストウ自身の黒人奴隷少女に対する居心地の悪さを見るとき、作者が自ら作り出した人物に対して覚える不安という共通点を、ホーソーンのパールの中にも――彼女もまた性格のうちに「奇妙な《オッド》癖」を持っていた（六九）――見ることになるだろう。ストウがトプシーをパールに重ね合わせるのは、実はストウが自らのうちに覚えるのと同様の居心地の悪さを、ホーソーンのうちに感じとっていたからではないか。

ここで、家庭性イデオロギーの権化たる男性作家が、姦淫の末生まれた少女という人物に覚える不安と、奴隷廃止論者である女性作家が奴隷の娘に対して覚える落ち着かなさとが、重なり合うその瞬間には、一九世紀中葉のアメリカ文学において性差と人種が交錯する場面が目撃されることになる。トプシーという色眼鏡を通じてパールを見ること、いい換えれば、ストウというニューイングランド・ピューリタン文化を背景として持つもうひとりの作家が、読みこみ変容させたパールの姿を見通すことで、逆に『緋文字』の受容された読みへと遡ることができるのだ。この小論では、トプシーに表された人種差意識を逆にパールに映しこむことで、『緋文字』の新たな側面に光を当ててみたいと思う。

そもそも「人とも獣ともつかない異形の生き物」と、トプシーにあらわされた黒人奴隷たちの惨状をストウが描写するのも、パールを念頭においてのことであったのだろう。このいいまわしは、アンチノミアン論争において、メアリ・ダイアの産みだしたという「女児」が鉤爪や角、鱗を持っていたというジョン・ウィンスロップの記述を髣髴させる。『緋文字』の中でアン・ハッチンソンはヘスターの先達として描かれており、有名な「怪物的誕生」の逸話とパールを結びつけるのは、ストウにとってさして難しいことではなかったはずだ。もとよりコラカーチオの指摘するとおり（四七六）、「毎日毎日子供の心身の大きくなってゆく様を眺めては、それになにか暗い荒い気象がありはしまいか、この子を生んだ母の罪に呼応するようなものが目に見えてきはしないかと絶えず恐れ」るヘスター自身（六二）、人とも獣ともつかない怪物がアンチノミアンな女の罪の結果生まれたというウィンスロプの理解を受けいれて、その怪物とパールをまっ先に結びつけているのだから。そして、未開のインディアンよりも野生に満ちた「魔の子《エルフ・チャイルド》」は、人種をも越境する存在として、新たな「異形の生き物」黒人奴隷トプシーの誕生を助産する。

　多くの研究者が指摘するとおり、中世以来「怪物」の誕生は、母親の想像力によるところが大きいとされてきた。母の胎より生まれいずるモンスターたちは、「妊婦が強烈で執拗な想像力に取り憑かれ」た結果生まれてくるというのだ（伊藤、三二六）。ダドリー・ウィルソンは創世記の逸話（ヤコブが叔父ラバンの羊を色に従って生みわけさせるくだり［三〇・三七―四三］）が、このような俗信に大きく寄与していたことを解き明かしてくれている（二七）。受胎の際に蛙を握っていれば、蛙の顔をした怪物が生まれ（伊藤、三二六）、ベッドサイドにムーア人の肖像画が掛けてあれば真っ黒の子供が産まれる（ウィルソン、六九）。一九世紀初期まで用いられていたという助産婦教本『アリストテレスの傑作全書』によれば、姦婦は想像力の働きにより産まれる子の顔を寝取られ夫に似せることとさえ出来るという（八八）。これらの怪物の誕生があかししているのは、「そのように影響を受けやすい柔らかな物質［胎児］に簡単に影響を与えることができ」（ウィルソン、一二一）、「人種」のみならず、あらゆる種の限界を越えて交雑を形成することのできる女性の想像力だった。しかし、このイマジネイションの力は、同時にその不毛さと背中あわせでもある。文献に描かれる怪物たちは決して繁殖することなく死に絶え、新たな血統を産みだすことはない。ハッチンソンの産みだす怪物もまた、男の種だけを集めた二七のかたまりとなり、女からの組織を全く欠く（トレイスター、一四五）。それゆえにこそ、女性的想像力が、このように不毛な怪物誕生に結びつけられ、男権的イデオロギー支配を身体論的に強固なものにしているということは、再説をまつまでもないだろう。女性は身体的にも精神的にも途轍もない異形のものを産みだす（この議論では男性の「種」の持つ責任がすっぽりと意識から抜け落ちてしまっている）が、それらはすべて神の摂理に背く（そしてそのことを文字通り「警告する《モンストロー》」）化け物である。怪物的誕生の逸話とは、そのような性をめぐる豊饒と不毛とが張り合わされ、男権的な意識支配が暗躍する場であった。

　それゆえ、「怪物」パールが絶対的な無法に身をゆだね、社会制度の内外にあるものと自由に交歓しながら、しかし同時にヘスターに下された懲罰を体現して彼女を苦しめるのも、怪物として道理にかなったことなのだ。逆にいえば、まさにそのような性的社会的放縦と、法的支配的制裁の両義を持つものであるという点において、パールは様々の怪獣誕生譚に列するものなのである。冒頭にあげた引用の直前で、ウィルソンは紅く飾られたパールを見て「何という鳥だろう。緋の羽毛なんかして。こんなのはお日様が極彩色の窓から射し込んで、床の上に金色や深紅の偶像を描きだしているときに、そっくりなのを見たことがあったと思うがな。しかしそりゃもとの国のことだ」（七五－七六）と語るが、ここでパールは、アメリカ北部に生息するカーディナル（*richmondena cardinalis*）という深紅の鳥に結びつけられることで、ピューリタンらが楽園の再来とまで考えたアメリカの豊かな自然と、ヨーロッパの忌むべき教皇主義とを、同時にその身に体現するものとなる。つまり、「動く緋文字」として、母親がそのもとに呻吟する為政者たちからの烙印を具象化しながら、その一方でパールは、自然の豊饒と宗教の放縦とを、ちょうど怪物誕生譚と同様の操作を受けて、ともにひき受けるトポスとなるのだ。同様に、海辺を散歩するパールが、海鳥に石を投げつけながら、その鳥の痛みに共感してため息をもらすのも、はたまた、緑の海草で胸にAの文字を描き出すのも（一一一）、まさにこのような豊饒なる自然的事物と、母の胸を焦がす社会的制裁の交錯する怪物としての彼女にとって、まことに相応しいシンボリズムであった。

つまり、ビュエルのいうようにパール（に代表される私生児のイメジ）がアンチノミアンに限らず異端の表象であるにしても（八八）、この私生児が物語の中で体現している問題意識とは、単に宗教的な逸脱ではなく、むしろ様々の政治的な意味操作を受ける「怪物」としての存在に関わるものだったのではないか。そして、もちろんこのような問題意識は、ホーソーンにとって単に過去の現象にのみ関わることだったのではなく、むしろ彼の生きた一九世紀まっ最中のアメリカに関わるものだったのである。白川恵子氏が手際よくまとめておられるように、近年ホーソーンの人種問題意識が多く論じられ、パールを「ブラック・マン」たるアーサーとヘスターの間の異人種混交児とするような論考もみられるようになってきたが（二四九―五〇）、ヤングのいい方を借りて、一九世紀的文化の概念そのものがすでに人種主義によって汚染されているとすれば（九一）、確かにホーソーンがたびたび取りあげる「怪物的誕生」という文化現象に人種意識の影がさし込んでいないとは考えにくいだろう。怪物誕生譚とは、一九世紀的にいい直せば、つまり、種の交雑の問題、ハイブリディティの可能性の問題を紐解くものだったということになる。「人種」的な異形であるトプシーを産みだしたパールという怪物は、「人種」という創作された概念によって動かしがたいとされていた壁を簡単に乗りこえ、異なる「人種」間の交雑への不安を裏側に潜ませる予型となる。それゆえに、不可視の父親の正体を問いながら、同時に母親の想像（創造）力にまで切りこんでくる「汝を創りしは誰ぞ」というパール（そしてトプシー）に対する質問は、交雑形成が問題化した一九世紀中葉のアメリカに対する問いかけでもあるのだ。

実際、『緋文字』や『アンクル・トムの小屋』が出版された一八五〇年代はまた、「人種」の概念をめぐる論争が激化した時代でもあった。奴隷制の問題と歩調をあわせるかのように、人類が単一種からなる（モノジェネシス）のか多様種からなる（ポリジェネシス）のかという議論が盛んになり、アダムを祖にもつ単一種と教える聖書の権威の低下とあいまって、ポリジェネシスが台頭してきたのである（ヤング、九）。モノジェネシス派によれば、たとえ「人種」間の表面的な違いはあるにしても、それらはすべて一つの単一種であるとされていたのが、ポリジェネシス派に従えば、「人種」はまさに「種」としてそれぞれ独立しており、黒人は白人とは種が違う（極端な場合には、人類《ホモ・サピエンス》ではない）と主張する。

従来「種」の壁は越えられないとされてきたのに対して、ポリジェネシス派は、より議論を精緻にし、種の壁には遠いものと近いものがあり、近いものを越えることはたとえばラバの例にあるように不可能ではないと主張した。問題は、そのようなハイブリッドがそれ自体生殖サイクルをくり返すことができるかである、と。たとえばジョサイア・ノットは「人類博物誌の見地から見た動物のハイブリッド」と題する論考の中で、様々の動物の例を引きながら、それらの近似種とのハイブリッドについて微細な議論を積み重ねることで、議論を民族の間の差違にまで拡大しようとする。白人黒人の民族的特徴を明確に区別するストウについては、しばしば人種主義《レイシズム》ならぬ人種差別主義《レイシャリズム》という言葉が当てはめられるが、このような立場は、実はポリジェネシス派の主張する種の間の遠近感に基づく異民族の区別によるところが大きい。

ここで、「ラバ」の名を冠せられる白人と黒人の「混血児《ムラトウ》」の持つ意味合いがあらためて理解されれば、ピューリタン的な怪物誕生譚が、一九世紀半ばにパールの姿を借りてよみがえり、そしてそのパールが黒人奴隷トプシーの誕生を招来したことの意味が理解されるだろう。ポリジェネシス派のいうハイブリッドとしての白黒の混血児とは、第一世代は種の近さによって支えられ子供を産みだすが、彼ら自体では結局不妊不毛へと陥っていかざるをえない、まさにかつての怪物たちの再来というべき存在とされているからだ。ここで、「汝を創りしは誰ぞ」という質問は、そのような怪物（の表象としてのパール）に対して呼びかけられたそのままの意味を持って、一九世紀の半ばに響き始めることになる。つまり、怪物の出自に関わる問いかけ（神か、悪魔か）が、異人種間の性的関係に関わる問いかけ（父親は白人か、黒人か）へと、その意味をスライドさせるのである。しかも、怪物誕生譚において見たのと同様の政治的操作が、このようなハイブリッド論争についてもうかがえるのは火を見るより明らかだ。つまり、再びここにおいても、異民族間の性交の豊饒と不毛が政治的に張り合わされることによって、民族的な差違が、支配階級の自己正当化の議論へとすり替わっていくのである。異人種は、すなわち異種であるが故に、決してその壁を越えることはできず、そこに社会的支配関係が生まれるのは（ちょうど家畜と同様に）当然のことである、という風に。「混血児」パールがトプシーを産みだした理由は、このような時代背景を考えれば、歴然としてくる。(1)

ところで、ウィルソンの「汝を創りしは誰か」という質問は、その場にいたアーサーとヘスターにとっても、心穏やかにやり過ごせるものではなかっただろう。それはパールの出自が神的なものか悪魔的なものか、つまり彼らの姦淫の罪が、それぞれの救済を根底から脅かすものかどうかという、まことにカルヴィニスティックな関心からだけでなく、むしろより現実的に、その質問が父母の同定に関わるものと読みとることが可能であるから。つまり、この質問はアーサーにとって見れば、その回答として自らへと指を突き立てる質問であると同時に、おのれ自身の出自についても問われている詰問であったのだ。現実にパールはこれに対し、父親の不在を主張して、自らの怪物的性質をあかしするわけだが、このとくことになる。一九世紀の人種的支配関係の状況において、多くの奴隷物語が証言するように、父性を問うこの質問は黒人たちにとって重大な関心事であり、ここでも再びハイブリッドとしてのパールの存在が、小説内の物語経済と社会的文化的問題をつなぎ止めていることが分かる。しかし、再度アーサーに戻って考えたとき、パールに対する「汝を創りしは誰か」という問いが、「汝の父親は誰か」という問いに結びつくとき、この問い自体が、これまで怪物＝ハイブリッドの文化的特性として考えてきた異種性交の豊饒と不毛という両義性をそのまま巻き込んでいることがわかるだろう。アーサーはこの問いかけの中で、パールの父親としてその性的な能力を豊かに表しながら、しかしその一方で、「怪物」パールの父親として、みずからの悪魔的性質（そしてそれゆえの不毛さ）を確認せざるをえない。パールの父親であることが、同時に彼自身の救済論的な立場を危うくし、なおかつ、それがゆえにパールの悪魔的出自と怪物性を確立することで、むしろアーサーの父性を否定してしまうことになる。この問いかけは、怪物＝ハイブリッドが抱えこんだ豊饒と不毛という相いれない両義性の相克の中から、必然的に生まれでてくるものなのだ。

だから、この「怪物」パールという問いかけ（彼女の体現する「汝を創りしは誰ぞ」という問いかけ）がいかにしてアーサーによってとり組まれ、答えられるのかを考えることが、『緋文字』におけるホーソーンの文化的動静をつかむ上で重要になってくる。『アンクル・トム』では、トプシーは、エヴァのこの世離れした愛の力によって回心し馴致されるが、ホーソーンの回答は、そのようなセンチメンタリズムの中に潜む政治性すらも暴くものになるだろう。終盤のクライマックスに向かって、迷える牧師は、ことにパールとの関わり方をめぐって大きく揺れ動いた。森でのヘスターとの会見において、彼はヘスターの大胆な提案に飲み込まれるようにしてヨーロッパへの逃避を決意するが、ここで、アーサーは女性的な創造力の怪物的存在感に埋没することで、ヘスターとの不法な性的関係へと飛び込む決意をおこなう。そうすることで、牧師はピューリタンたちがあとにしたはずの、緋色の淫婦バビロンへとたち戻り、森でのパールが見せた放逸なる性質に対して父親として受けいれられようとする。しかし、このときのアーサーは、パールという問いかけの両義を受けとることをしていない。小川の向こう側なる自然との交歓に遊びながら、同時にパールはヘスターに対してその姦淫の印を拾いあげ、ほどかれた豊かな髪を堅く縛ることを要求するのだ(一四三)。アーサーは、それに対し、パールの怪物的存在の投げかける問いかけの一面にのみ溺れ、ヘスターとの逃避行を夢見ることで、その自然的豊饒さ=異教的想像力にのみ拘泥する。「人知れぬ谷間の奥深いところで、苔むした樹の幹の傍らで、そして陰鬱な小川のほとりに」古きおのれを脱ぎ捨て(一四七)、ヘスターの注ぎ出す自然との共感を飲み干し、奇妙な「新生」を体験した牧師は、まさに怪物的な想像力に染まって、町の宗教的秩序への冒涜的思惑に囚われてしまう。帰途町中で「嘲笑、苦痛、理由のない悪意、持てあますばかりの悪への欲望、あらゆる善であり神聖であったものに対する嘲笑」に揺れるアーサーは、まさにアンチノミアンな怪物的想像力の爆発的な増殖に身を苛まれているのだ。しかし、これはパールの存在的問いかけの片面でしかない。森でのアーサーのキスは、パールをその怪物的使命から解き放つことがない。

胸中に次々産みだされる冒涜的な思いの発露をかろうじて抑えた牧師は、しかし、それらの荒れ狂う思いが結局いかなる実も結ばないことを、習い性としてすでに理解していたのだろう。そのような理解は具体的にはロジャー・チリングワースという形をとって、自らの部屋にたどり着いたアーサーの前に立ち現れる（一五一）。森でのヘスターとの対面から怪物的な想像力の攻撃に苦しんでいたアーサーは、それとは全く対局に位置する、不毛な権威の権化たる医師がおのれの書斎に忽然と立ちはだかるのと直面する。そしてそうすることにより、パールの怪物性のもう一面を悟ることとなる。物語のはじめから、パールに向かって「汝を創りしは誰ぞ」という無言の問いかけを発し続け、そしてアーサーに対しても（その神的もしくは悪魔的出自に対して）また同じ問いを投げかけ続けていたロジャーの不妊不毛な姿のうちに、アーサーは怪物の現場における政治的権威の意識操作のありようを見いだすのだ。ロジャーはヘスターとの婚姻生活において、ただその女性的豊饒さを自らのうちに取りこみ、意のままに操ることにのみ腐心するといったように、政治権威の不毛な支配を体現していた。アーサーはこの決定的対決場面において、そのような支配構造がパールの問いかけのもう一面に働いていることを理解し、そして、あまつさえその姿が実はおのれ自身にも（自らの救済論的立場を問い続けていたという点において）映しこまれていることに気づく。ここで初めて、アーサーはパールの怪物的問いかけの両義を自身のうちに体験することになるのだ。

この体験の究極的な意味は、つまりアーサー自身がパールの体現していた怪物的存在の両義性をひき受け、自ら怪物として立つことにほかならない。ロジャーとの対決直後、知事の就任祝賀説教の執筆に際して、「霊感を得ていると思った」ほどに「思想と感情が衝動的に流れ出す」(一五二)のを、そのまま書き記すアーサーの姿、そしてその説教を「焔の言葉」(一六七)を持って読みあげる彼の声は、「地獄の火で焼かれた物語」としての『緋文字』執筆の現場を映しだし、おのれの怪物的な出自を明らかにしている。そしてその声は、先に森の中でヘスターの女性的豊饒が病める牧師を飲みこんだように、今度はヘスターを包みこむ。そこに聞こえてくる「巨大な力をもつもの恐ろしい荘厳な空気」と、その一方で「一種荘厳な空気」「悩める人類の哀訴するような」「悩める人類の声」の響きとは、アーサーが怪物の

メアリ・ダイアの怪物的誕生を報じるトラクトに付せられた怪物(1642年)

両義をおのれ自身の問いかけとして得たことを示している。彼はおのれ自身を、共同体に対する（神的・悪魔的な出自の問題を全く捨象した）問いかけ＝「警告」として顕わしているのだ。彼が胸にあらわすAの文字は、ちょうど多くの怪物的誕生において、生まれでてきた怪物たちの胸に警告の文字が刻まれていたことを読むものに想起させる。アーサーはかくして怪物としてのおのれの心身を完成させる。それが故に、彼のキスは、パールを怪物的存在様式から解き放ち、彼女をあらためて通常の女児として産み落とすのだ。

かくして、パールという怪物的存在を手がかりとして『緋文字』を見直したとき、「真実なれ、真実なれ」（一七五）という物語の教訓こそが、アーサーの「警告」の内容であることが理解されよう。『緋文字』という作品自体が、怪物的物語として、アーサーの分身であるからだ。ここでアーサーの怪物的カミング・アウトは、アメリカの歴史において怪物的誕生からハイブリッド理論に至るまで、異種混交の現場における政治的支配の論理を、自らその現場に怪物として立つことで明らかにしてくれている。人は真に自文化を省みたとき、おのれをとり巻き、組成しているイデオロギーの働きに気づかざるをえない。なべて文化の支配のもとにある人間は、実はすべからく怪物なのだ、と。「人種」別のタイプを区分し分類するために一九世紀民族学が創出した「文化」という概念自体の中に、すでに「人種」的偏見が抜きがたく織り込まれていることを、アーサーは証言している。『緋文字』は、そのような文化の中にはたらくイデオロギー支配に服しながらも、自らに「真実なる」ことで、権威の意識操作を批判的に可視化できることを見事に浮き彫りにするのだ。ストウが看取しながら、しかし彼女自身の文化的先入見のために、単純化し、ねじ曲げてしまったホーソーンのパールに対する「不安」とは、実はアーサーが最終的に具現するところの教訓に他ならない。つまりそれは、怪物的存在様式の中に内在する、自省的な文化批判運動の謂いに他ならないのだ。

注

（1）ホーソーンが「怪物的誕生」と人種混交の意識的連絡をつけていたことは、後年のスケッチ「主に戦争について」（一八六二）の中で、メイフラワー号がピューリタンを運んだあと奴隷船となったという噂話に言及して、「これこそまさに怪物的誕生《モンストラス・バース》というべきだろう」（四二〇）と述懐することからも明らかだ。これについて詳しくは拙論「ホーソーン氏、都へ行く「主に戦争について」における戦争政治学」を参照。

引用文献

（邦訳が挙がっているものは、引用の際に手直しを加えながらそれらを参考にした。ただし頁数はすべて原典による。）

Aristotle's Compleat Master-Piece. 23rd ed. 1749. Rpt. in *Aristotle's Master-Piece, Aristotle's Compleat Master Piece, Aristotle's Book of Problems, Aristotle's Last Legacy*. New York: Garland, 1986.

Buell, Lawrence. "Rival Romantic Interpretations of New England Puritanism: Hawthorne versus

Stowe." *Texas Studies in Literature and Language* 25.1 (Spring 1983): 77-99.

Colacurcio, Michael. "Footsteps of Ann Hutchinson: The Context of *The Scarlet Letter.*" *ELH* 39.3 (September 1972):459-94.

Hawthorne, Nathaniel. "Chiefly about War-Matters." *Miscellaneous Prose and Verse*. Vol. 23 of *The Centenary Edition of the Works of Nathaniel Hawthorne*. Ed. Thomas Woodson, et al. 1994.

_______. *The Scarlet Letter*. 1850. Ed. Seymour Gross, et al. 3rd ed. New York: Norton, 1988.

Nott, Josiah C. "Types of Animals, Viewed in Connection with the Natural History of Mankind." *Types of Mankind*. 7th ed. Philadelphia: Lippincott, 1855.

Stowe, Harriet Beecher. *A Key to Uncle Tom's Cabin*. 1853. Bedford: Applewood, 1998.

_______. *Uncle Tom's Cabin, or, Life among the Lowly*. 1852. Ed. Elizabeth Ammons. New York: Norton, 1994.

Traister, Bryce. "Anne Hutchinson's 'Monstrous Birth' and the Feminization of Antinomianism." *Canadian Review of American Studies* 27.2 (1997): 133-58.

Wallace, James D. "Stowe and Hawthorne." *Hawthorne and Women: Engendering and Expanding the Hawthorne Tradition*. Ed. John L. Idol and Melinda M. Ponder. Amherst: U of Massachusetts P, 1999. 92-103.

Wilson, Dudley. *Signs and Portents: Monstrous Births from the Middle Ages to the Enlightenment*. London: Routledge, 1993.

Young, Robert J. C. *Colonial Desire: Hybridity in Theory, Culture and Race*. London: Routledge, 1995.

伊藤進『怪物のルネサンス』河出書房新社、一九九八年。

白川恵子「怪物は告白しうるか?: ターナー、バンカー、ホーソーンにみる南北戦争前期の犯罪体験記」『ユリイカ』三一巻六号(一九九九年五月)、二三六-五四頁。

ハリエット・ビーチャー・ストウ『アンクル・トムの小屋』大橋吉之輔訳、旺文社(旺文社文庫)、一九六七年。

高尾直知「ホーソーン氏、都へ行く」『アメリカ文学ミレニアム』國重純二編、南雲堂、近日刊行予定。

ナサニエル・ホーソン『緋文字』福原麟太郎訳、角川書店(角川文庫)、一九五二年。

なお一〇七頁の挿し絵の出典は *Newes from New-England: A Most Strange and Prodigious Birth. . . .* 1642. *Early English Books, 1641-1700.* Microfilm. 251: E. 144. No. 22. Ann Arbor: University Microfilms, (1967.)

謎解き『緋文字』

島田太郎

優れた文学作品は必ず謎を秘めており、常に読者を挑発し続ける。『緋文字』も例外ではない。このロマンスには無数と言ってもよいくらい多くの謎がちりばめられているのだが、その中の二、三を拾ってみよう。

(1)『緋文字』の冒頭には、一見作品とは無関係とさえも思える序文「税関」がつけられている。そこには緋色のAの文字の縫い取りとそれにまつわる古文書を発見したいきさつが語られているが、これから展開する物語に直接関係するこうした話ばかりではない。作者がセイレムの税関に勤めていた時の思い出、彼がつきあっていた同僚たちの姿も軽快な筆致でスケッチされている。その中に一人の老人がいる。彼は思考能力も深い感情ももっておらず、その代わりにたぐいまれなほど完全な「動物的性質《アニマル・ネイチャー》」(一七)をもっており、辛うじて四つん這いになって歩かないですむという人物である。ところがこの動物的性質という言葉は、注意深い読者ならもう一度この小説で使われていることに気がつくだろう。それはディムズデイルについてチリングワース医師が独白する「親から強い動物的な性質を受け継いでいる」（一〇章 一三〇）という言葉である。この小説においてヘスターとともに読者の共感を得るべき中心人物、作者ホーソーン自身の分身とも言える牧師について使っている言葉を、妻を三人、子供に至っては二〇人ももちながら、大半の子供には先立たれた醜悪な老人についても使うというのは、不思議な気がする。しかもいま問題にしている「税関」をホーソーンが出版者に送った時点では、最後の三章をのぞいて小説が完成していたと推測されるのである。(1) これは一体どういうことなのだろうか。

(2)牧師だけではない、ヒロインのヘスターについても「税関」にはこんな文章が書かれている。

何枚かのフールスキャップの紙に、ヘスター・プリンという人物の生涯と言行に関する詳細が書いてあった。……[若い頃に彼女を見た老人達の話では]決して老衰してはおらず、おしだしの立派な、おごそかな様子をしていたという。大変な昔から、彼女はボランティアの看護婦としてその地方を歩きまわり、できる限りの様々な善行をした。また、あらゆることがら、特に心の問題について相談にのった。そんなわけで、そのような性癖の人々が当然うけるような、天使にふさわしいほどの尊敬を多くの人々からうけた。（「税関」三二）

ここまでは、ヘスターの立派さを強調する言わばプラスのイメージのつみ重ねだから、問題はない。しかしホーソーンは、すぐに続けて「だが私の考えでは、他の人からはまた、出しゃばり者、おせっかい者とも見なされたのであった」と書く。これから悲劇のヒロインとして登場すべき女性について、読者の同情を拒みかねないマイナスのイメージをつけ加えるというのは、奇妙ではないだろうか。こんな言葉を書きつける必要がなぜあるのだろうか。いやそればかりではない。

(3)ヘスターについての疑問は更に続く。彼女が最初に姿を現す牢獄の入口には野バラの花が咲いているのだが、その花は「聖者とされているアン・ハッチンソンが牢獄の門をくぐった時に、彼女の足下に咲き出たものだ」（一章　四八）という伝説が記されている。これは一見したところ、ヘスターを聖者にたぐえることによってたたえる文章のようだが、はたしてそうだろうか。アン・ハッチンソン（一五九一～一六四三）についての詳しいことは、本書に収められた荒木氏の論文にゆずるが、ピューリタンから異端と見なされる信仰を説いたためマサチューセッツ湾植民地から追放され、最後はインディアンに殺害され非業の死をとげた女性である。だから聖者と呼ばれても不思議ではないようにも思える。しかしホーソーンが『緋文字』を執筆するまでに彼女についてどんなことを書いているのかを、いちおう見てみる必要がある。

ホーソーンは、児童向けの『お祖父さんの椅子』をはじめとして、アメリカの歴史を扱った作品を数多く残しているが、アン・ハッチンソンについては、彼女の歴史的な重要度から判断すると、異常なほ

裁判をうけるアン・ハッチンソン　E・A・アビーの原画に基く木版画。グレインジャー・コレクション（ニューヨーク）

どの関心を示している。例えばプリマス植民地の二代目総督となったウィリアム・ブラッドフォード（一五九〇〜一六五七）は歴史上逸することの出来ない重要な人物だが、ホーソーンの作品中には一度も登場しない。あるいは彼の生まれ育った地元セイレムの牧師で、寛大な信仰と民主主義的な傾向のためにハッチンソンと同じように追放され、ロード・アイランドに植民地を開いたロジャー・ウィリアムズ（一六〇三〜八三）の名前は二つの作品に出るだけである。それなのにハッチンソンは、短編「大通り」、『お祖父さんの椅子』に登場するばかりか「ミセス・ハッチンソン」というスケッチも残されているのだ。それによれば彼女は黒い目・黒い髪の持ち主だということになっている。筆者の見た範囲では、歴史的資料の中に彼女の容貌について書いてあるものは見当たらないから、これはホーソーンの創作らしい。(2) とすればこのスケッチを書いた一八三〇年からヘスターを創り出すまで二十年の間、黒い髪の女性について彼は思いを凝らしていたことになる。ハッチンソン夫人は「彼女を裁く者たちの前に、断固たる決心を示す額を昂然と上げて立った。彼女自身は気がついていなかったが、眼には現世的なプライドのきらめきが半ば見えている」（一二巻 七二）という描写もある。プライドは、ヘスターの特徴でもあるが、言うまでもなくキリスト教徒にとっては最大の罪である。「現世的な」と仮に訳したカーナルという単語は、「肉体の・性的な」という含意を強くもっており、ヘスターの姦通の罪にも隠微につながっていく言葉なのである。とすれば野バラの花に関して問題にした「聖者」という言葉には強い皮肉がこもっていることになる。もっともそれに気づく読者はほとんどいないだろうけれども。要するにホーソーンは、作品の導入部でディムズデイルとヘスターの二人に対するマイナスの要素を、用心深く積み重ねているのだ。

それでは——ディムズデイルについては後で考えるとして——アン・ハッチンソンは、そしてヘスターも、作者にとっては厭わしいだけの存在だったのだろうか。まずハッチンソンについてだが、全集ではわずか九頁しかないスケッチの最初の二頁は、奇妙なことに主題とは直接関係のないこと、女性作家たちが台頭しつつあるという状況に対する皮肉なコメントであり、「これまでは軽やかで綺想をこらした刺繍が求められていたほっそりした女性の指が」今日では多くの文学作品を紡ぎだしているという指摘がなされている。そして現在は優れた女流作家などいないと状況を総括した後で、ピューリタン社会にありながら家庭の仕事の代わりに霊感を受けた予言者の役割をかってでたハッチンソンの立場を女流作家と対比しつつ述べるというのが、表向きの主旨である。(3) その主旨はよく分かるのだが、実のところホーソーンは、恐らく無意識のうちにハッチンソンを女流作家と等号で結んでいる。たしかにこの作品でホーソーンは女流作家に対して批判的である。批判的ではあるが、しかしそれだけではなく、「女性が天からの命令のように天才の衝動を自分の内に感じる時には、予言の才能を嘆き悲しんだあのアラビア乙女のように、女性らしいかわいらしさの一部を棄て、悲しい気持ちで不承不承内なる声に従うのだという事実を認識せねばならない」(一二巻 六七)という文章などは、やはり天才的な女流作家の出現する可能性を認めているようにも読めるのだ。それにもしホーソーンがハッチンソンに——そしておそらくは女性作家に――不快感だけを抱いているのなら、先に指摘したようにくりかえし彼女について書くはずがないだろう。反感を持ちつつも惹かれているというアンビヴァレントな気持ちがあったに違いない。次にヘスターに目を転じると、彼女が厭わしいというのは、素直に作品を読んだ時の第一印象とはあまりにもかけ離れている。

その若い女は、背が高く、大柄で、非の打ちどころのない優雅な体つきをしていた。その黒くて豊かな髪は、つややかに日の光を反射し、顔は目鼻立ちが整い、色つやの豊かな美しさの上に、くっきりとした額と漆黒の眼とのために印象的であった。今日貴婦人の特徴とされているような、せんさいでたおやげな、何とも言えぬ優美さの代りに、いかにも当時の上流社会の婦人らしい堂々とした威厳があった。ヘスター・プリンがこの監獄から出て来た時くらい、昔風な意味での貴婦人のように見えたことはなかった。（二章　五三）

彼女が始めて登場した時のこの魅力的な姿は、「税関」における「出しゃばり者、おせっかい者」というマイナスのイメージをうち消してあまりあるものだ。この描写は、「ラパチーニの娘」（一八四四）のベァトリーチェ、『ブライズデイル・ロマンス』（一八五二）のゼノビア、『大理石の牧神』（一八六〇）のミリアムといった女性群の姿を想起させる。ヘスターをもふくめて、彼女たちはいずれも官能的で、豊かな髪は黒く、眼も黒い。東洋的《オリエンタル》な顔だちをしており、ゼノビアとベアトリーチェは花との結びつき、ヘスターの場合は綺想をこらしたAの文字のおかげで、その感じは一層強められている。性的体験——それは場合によっては過去とか経験の象徴とも言えると思うが——をヘスターも、ゼノビアもミリアムももっている。その点ベアトリーチェは一見違うようではあるが、ホーソーンの想像力の働きの中では決して性的な連想と切りはなされた存在ではない。そのことは、彼女と分ちがたい存在であるラパチーニ博士の庭園の植物についての次のような描写にもうかがえる。

また感じやすい気持の者ならばその人工的な姿にびっくりするだろうと思えるものもあった。それは多様な植物の混交と言うか、言わば姦通とでも称すべきものを示しており、その結果もはや神の創り給うたものとは言えず、人間の堕落した考えによって造りだされたいまわしいものが、自然の美を邪悪にもまねて咲き誇っているのであった。(二〇巻 一一〇)

ここで用いられている「姦通」という強烈でしかもとうとつな言葉は、言わばヘスターの存在を予示するものであり、ホーソーンの想像力の働きを微妙な形で暗示しているものと言えよう。性という言葉から当然連想されることであるが、彼女たちはまた、豊かな生命力をもち、力強く、情熱的であり、誇り高い存在である。もちろん生命力・生殖の力は当然創造力・想像力につながる。

彼女たちは『七破風の屋敷』のフィービー、『ブライズデイル・ロマンス』のプリシラ、『大理石の牧神』のヒルダとつながる金髪で家庭的でおとなしやかな女性たちの系譜と、はっきりした対照をなしている。しかし、それだけならば一つの文学的な型《リテラリ・コンヴェンション》にすぎない。クーパーの『モヒカン族の最後の者』にはコラとアリス、メルヴィルの『マーディ』にはホーシァとイラー、『ピエール』にはイザベルとルーシーという、黒髪と金髪の女性の対立が見られる。そればかりではない。ホーソーンがかって愛読したスタール夫人の『コリンヌ』、スコットの『アイヴァンホー』、『大理石の牧神』に影響を与えたと思われるアンデルセンの『即興詩人』などアメリカ文学以外にもこうした対立はしばしば見られるものだ。絵画においても、グルーズを始め、この主題を扱った者が少なくない、特に一八四〇年代には多く見られるとは、マリオ・プラーツが『ロマンティック・アゴニー』で指摘しているところである。[4]（わが国でも、例えば大原美術館蔵のシャヴァンヌ「幻想」には黒髪と金髪の対比が見られる。）

むしろここで注目しなければならないのは、ホーソーンの場合は、黒髪の女性たちがどこか「宿命の女《ラ・ファム・ファタール》」「霊感を与える女」といったおもかげをもっていることである。ユングの言葉をかりてアニマと呼んでもよいかも知れない。家庭的だが平凡な金髪の女性たちにはとても及びもつかない強い力で男の想像力をかきたて、魅惑してやまず、しかも男を破滅の淵におとしいれかねない女たち。ここでヘスターが仕事としていた刺繍が、「ミセス・ハッチンソン」では作家の仕事との関連で考えられていたことを思い出せば、ヘスターが霊感を与える女だということはいっそう納得がいくだろう。それを

シャヴァンヌ〈幻想〉(1866)

座って花を摘んでいる家庭的な女性は金髪、想像力を象徴するかのようなペガサスをとらえようと花綱を投げかけている女性は黒髪明らかに示すエピソードがある。それまで人前ではお互いに他人行儀を装っていた二人が森の中で再会した一七章で、彼女に励まされた牧師は、パールを連れてチリングワースから逃げる約束をする。その後下宿に戻った彼は、想を新たにして原稿を書き直しはじめた。

彼は選挙祝賀の説教を書いた紙を火の中に投じ、すぐに別のを書きはじめた。それを思想と感情の衝動的に流れるにまかせてぐんぐん書いていったので、自分が霊感を与えられていると思ったほどであった。そして天が自分のような汚れたオルガンの音管を通して偉大で荘厳なお告げの音楽を伝えることを適当だと認め給うたのは不思議だと思った。しかしその神秘は自然と解かれるのに任せて、あるいは永遠に解決されぬままにして、彼は熱心に、恍惚としてその仕事を進めていった。（二〇章　二二五）

「その神秘は自然と解かれるのに任かせて……」という表現の主体は、文法的にはむろんディムスデイルである。しかし実は、ピューリタンとしてのホーソーン自身、ヘスターと逃亡の約束をして「迷路の中にいる」（二〇章）牧師が何故「霊感を与えられた」のか、はっきりとは分からなかったのではないだろうか。つまり意識の上では、彼は自分の分身と「ヘスター的なる存在」との結びつきを否定している。しかも意識下では、そのような存在にはげしく惹かれているのである。

これまで二度ほどディムズデイルのことを、ホーソーンの分身と呼んだ。そこのところをもう少し詳しく説明しておきたい。『緋文字』に登場する主要な三人、ヘスターもチリングワースもディムズデイルも、それぞれホーソーンの内面に抱え込んだ苦悩のある面を投影されている。

例えばヘスターは、自分の生んだ子供、「生命を与えられた緋文字」（七章 一〇二）パールが、自分の意のままにならないこと、それどころかどのように成長していくのかも理解しかねて不安に思い、とまどっている。それはホーソーンが書き続けている小説そのものが、「生命を与えられた緋文字」として、彼の意のままにならずに、象徴的で様々な解釈を許す小説として成長していくことに対して感じている不安の投影であると言えよう。

チリングワースの場合は、他人を冷徹に観察し「人間の心の神聖さを犯す」（一七章 一九五）という彼の行為に、ホーソーンが常に感じている作家の業《ごう》が、形を変えて現れている。

けれども前に述べたように、姦通の罪に悩み、その罪を隠していることに苦しみ、その結果「すべての同胞にむかって、心の母語で語りかける力」（一一章 一四二）、選ばれた弟子だけに聖霊降臨祭《ペンテコステ》の時に与えられたあの「炎の弁舌」を得たディムズデイル牧師こそは、ホーソーンに一番近い分身だと言えよう。なにしろこの小説の中で、書くという行為をするのは、彼一人なのだから。いやそれだけではない。なぜ牧師とヘスターが作品の最後で幸せに結ばれるということにならないかと言えば、ホーソーンは自分の分身が「霊感を与える女」と結ばれることを許せなかったからではないだろうか。

この仮説を裏付ける証拠は数多く見られるのだが、ここでは代表的なものを二つだけあげよう。先ほど牧師がヘスターと逃亡の約束をしたと書いた。その三日後に彼は知事の選挙祝賀演説を行なう。その直後に、ヘスターが物語の冒頭で立った晒し台に上り、群衆の前で姦通の罪を告白して死ぬ。約束からこの告白に至る彼の気持ちの変化についてはなんの説明もなく、とつぜんすぎるという印象は否めない。それはとりもなおさずこの告白が物語の展開の力学からは必然的なものではない、作者自身の内面の要求に従ったものだということを示している。

さらに言えば、祝賀演説が行われる当日ヘスターがパールを連れて市場に立っていると、そこへ彼らが乗り込むはずの船の船長がやってくる。そしてチリングワースという医者も同じ船に乗りこむことになったと告げてヘスターを驚かせるのである。このエピソードは、小説の芸術的効果という点から見れば、全くマイナスでしかない。最後のシーンで、ディムズデイルがせっかく自発的に罪の告白をするのに、この船長の言葉のおかげで、逃げ道がなくなり追いつめられた結果告白したという印象を読者に与えかねないからである。

しかし逆にホーソーン自身の感情からすれば、彼の内にひそむ芸術家は、ディムズデイルという分身が「霊感を与える女」ヘスターとともに暮すという希望をすてきれないでいる、その未練を断ち切ることが必要であった。たとえ告白をせずに船で逃れようとしても、決して牧師は幸せにはなれないということを自分に納得させねばならなかったのである。ホーソーンは、この二一章を書き上げたうえで、更に駄目をおすように、「税関」で二人に対するマイナスのイメージを書き加える。このようにして、言わば一連の悪魔祓い《エクソシズム》の儀式を行ない、彼の内なるピューリタンと芸術家との争いに一応の決着をつけた上でなければ、ホーソーンには最後のディムズデイルの告白のシーンは書けなかったのである。第一章で「ボストンに定住した先祖たちが……最初の監獄を建てたのは……最初の埋葬の地を選定したのとおなじく時を得た行為であったと考えてよいだろう」(四七)と書いたときに、すでに結末まで計算しつくしていたにもかかわらず、ヘスターの魅力はこうした儀式を必要とするほど強かったのだ。

これまでピューリタンとしてのホーソーンとか、彼の内なるピューリタンと言う表現を使ってきた。その意味をここで明らかにしておきたい。「税関」の中には次のような文章がある。

私が今まで抱いてきたどんな目的も［私の先祖のピューリタンは］称讃してはくれないだろう。どんな成功も……特に不名誉とはせぬまでも無価値だとしか考えてくれないだろう。「奴の仕事は何だね?」と私の先祖の一人の灰色の影が、他の影に向ってつぶやく。「お話の本を書く男だとさ! 人生で一体何の役に立つというんだろう――神の栄光を讃えたり、その時代の人類の役に立ったりするのに、どれくらい力になるのだろう? あんな穀潰し、いっそ辻音楽師にでもなればいい!」(一〇)

こういう先祖たちの「性質は根強く私の性質に絡み伝わっている」とホーソーンは自認せざるをえなかっ

た。それだから心の中に響く先祖からの声を黙らせるために、「少なくともなにか深い教訓を示す小説を書こう」（「古い牧師館」）と決心していた。その結果が「牧師の黒いベイル――譬え話《パラブル》」「かかし――教訓をもった物語」「石になった男――寓話《アポロウグ》」「クリスマスの宴会――心のアレゴリーから」といったタイトルを一瞥するだけでも明らかなように、アレゴリーへの傾斜を強く示した作品を産むこととなる。例えば「心の病を肉体の病で象徴すること――ある人間が何らかの罪を犯すと、その結果肉体に傷が現れるということもあろう。この考えをうまくまとめること」（八巻二二二）という一八四一年一〇月二七日のノートブックスへの書き込みは、象徴という言葉を使ってはいるが、実はアレゴリカルな発想であり、それがチリングワースとディムズデイルに効果的に使われていることは言うまでもない。

一方で、ロマン派の芸術家としてのホーソーンは、日常的なものの背後に潜む真実を追究しようとしていた。言うまでもなく、アレゴリーの場合抽象的モラルを具象的なもので示すわけだが、具象物と抽象概念の間には、あらかじめ作者が予定した（ほとんどの場合一対一の）対応関係がある。それに対して、象徴的な作品においては、具象物とその品物がもちうる意味との間の関係は、見る者により違いうる。作者はある象徴――例えばAの文字の刺繍――が様々な意味を持ちうることを直感的に悟り、その意味を模索していく。

それは大文字のAであった……私の目は、その古びた緋文字にすいつけられて、どうしてもそらすことができなかった。確かに、そこには解釈の労をとるに価する何か深い意味があるのだ。そしてそれは、言わば、その神秘的な象徴から流れ出して、私の感受性に微妙に訴えながらも、私の心の分析を避けてしまうといったていであった。(『税関』三二)

という有名な一節は、現実の税関と、作者の創造力の中にのみ存在する真実の物語の接点として、一枚の緋色のAの文字を提示することにより、象徴というものの性質をよく示している。作者は作品を書き進めながら、同時に象徴の意味を模索していく。すでにヘスターとパールの関係に触れたときに指摘しておいたことだが、象徴は「心の分析」を拒み、作品は作者の手をはなれ、自立した存在として成長していく。こうした模索の過程で、平凡な生活にどっぷりと浸っている読者の知りたがらぬ——そして場合によっては作者自身も気がつきたくない——真実を発見することもありうる。そしてそうした真実を語る人間は、「善良な」市民たちからは危険人物視されるのがおちであろう。「予言の肖像画」の画家の才能は、不吉なものと考えられていた。「Pの手記」の主人公にいたっては、世間の人々から狂人と見なされ、精神病院にいれられた。いや、ホーソーンの不名誉をかえりみずに言ってしまえば、ありようは、ホーソーン自身が文学者のこうした在り方を恐れて、病院に彼を送りこんだのではなかっただろうか。Pほど悲惨な例をあげなくても、例えば「手稿の中の悪魔」の主人公である作家オベロン[5]の嘆きはホーソーンの作品のいたるところで見出されるものである。彼は言う。

そうなのだ。……こうした物語を書くことがどんな影響を僕に及ぼしたかは、君が想像もつかないくらいだ。僕は泡沫のようなものに野心をもやし、地道な評判のことをかえりみなかったのだ。様々な影で自分をとりまいている。その影は人生の実相をまねて僕をまどわすのだ。おかげで僕は、この世の踏みならされた道をはずれて、奇妙な孤独の中に迷いこんでしまった。人々の真只中にある孤独だ。誰も僕の望むものを望まない。僕と同じ考え方、感じ方をしてくれない。僕の書いた物語のおかげでこんな風になってしまったのだ。（二一巻　一七二）

こうした孤独地獄に呻吟することに対するホーソーンの恐怖、それこそがディムズデイルがヘスターと結ばれるのを許せなかった主要な理由であった。

彼の体に流れているピューリタンの血は、もう一つ微妙な問題を提出する。「大望の客」「大きな石の顔」その他の作品で、くりかえし現世的な野心の空しさを説きながらも、彼は決してその野心から逃れることはできなかった。つまり、マックス・ヴェーバーも『プロテスタンティズムの倫理と資本主義の精神』の中で指摘しているように、現世での成功はそのまま神に選ばれたことの証しとなりえたので、ピューリタンとその末裔にとっては、この世での生業は決しておろそかにはできないものだった。だから「税関」で彼が耳にした先祖たちの嘲笑の声を忘れることが出来なかったのである。これもまた「霊感を与える女」ヘスターを否定し、ディムズデイルとヘスターが同じ墓に眠ることさえも許さなかった理由なのである。

しかし、言うまでもないことだが、「宿命の女」はそんなに簡単に祓い退けられるものではない。祓い退けることができれば、そもそも「宿命の女」ではありえない。それだからこそホーソーンは次々に作品を書かねばならなかった。今ここでそれらを詳しく論じる余裕はないが、『七破風の屋敷』で自分の分身ホールグレイヴを金髪の処女フィービーと結婚させたのも、作品の中にこそ登場させなかったが心の奥に蟠っている黒髪の女性への思いを断ち切るためであった。『ブライズデイル・ロマンス』のゼノビアは、ホーソーンの描いた黒髪のヒロインたちの中で、恐らく一番魅力的な女性である。それだけに彼女に対する悪魔祓いの儀式も徹底している。彼女はホリングズワースへの恋にやぶれて――お蔭でホーソーンの分身カヴァデイルは手を汚さずにすむというものだ！――投身自殺をする。「彼女の濡れた服は、ひどく硬直した四肢を包んでいた。彼女は死の苦悩を示す大理石像のようであった。……ああ、何という硬直した姿だろう。あの恐しさに耐えることは不可能だ」(三巻二三五)。死体に鞭打つような描写ではないか。『大理石の牧神』でも、ホーソーンは黒髪のミリアムに恋したドナテロの苦しみを見せしめのように描き、更に自分の分身ケニヨンは金髪のヒルダと結ばれることにするという、言わば二重の防禦柵をもうけている。彼女たちばかりではない。一八五六年四月一三日の日記を見ると、彼が描く黒髪のヒロインさながらのユダヤ系の女に実際に会ったことを、少々異常なくらい熱をこめて詳しく記録している。女の髪は「漆黒、夜の闇のように、死のように黒い。」(二一巻 四八一)彼女は「きゃしゃで若々しいが、威厳があり冷い。とは言っても、柔和で女らしい気品がある。」見ていると聖書にでてくる女性を思い出す。例えばラケルを。ユディトを。(「彼女はいかにも女らしいが、名分さえたてば、男を斬り殺しもしただろう。」)バテシバを。[6] だが「私は彼女に触れることなど考えないだろうし、触れたいと望みもしないだろう」とホーソーンは書いている。もちろん他人が見る心配のない日記にわざわざこう書くというのは、語るに落ちた形で、いかに意識下で彼がこうしたタイプの女性に惹かれていたか、しかも彼の内なるピューリタンがそれを抑圧していたかをよく示している。この葛藤のダイナミックスこそが『緋文字』の謎と魅力を生み出しているのである。

註

(1) Nathaniel Hawthorne, *The Centenary Edition of the Works of Nathaniel Hawthorne*. Ed. William Charvat et al. 引用はすべてこの全集の巻数・ページ数を記すが、『緋文字』に関しては読者の便宜のため章も記した。全集版 *The Scarlet Letter* xxii を参照。角括弧［ ］でくくった部分は筆者が適当に補った言葉を示し、……は筆者の省略を示す。

(2) ただし Edwin Austin Abbey（一八五二―一九一一）の絵に基く木版画を見ると髪の色は黒いようだ。しかしホーソーンが「ハッチンソン夫人」を書いたのは画家の生まれる以前のことである。

(3) 筆者と見解を異にする点もあるが、次の二つの研究がこの問題に関しては参考になる。Amy Schrager Lang, *Prophetic Woman: Anne Hutchinson and the Problem of Dissent in the Literature of New England* (U of California P, 1987). Michael Colacurcio. “Footsteps of Anne Hutchinson: The Context

of *The Scarlet Letter.*" *The Scarlet Letter* (New York: W. W. Norton, 1988). なお次の引用文の「あのアラビア乙女」は誰を指すのか不詳。

(4) Mario Praz. *The Romantic Agony* (1933 Cleveland: The World Publishing 1963) 187-286.
なお金髪の女性と黒髪の女性の対立については、F. I. Carpenter, "Puritans Preferred Blonds: The Heroines of Melville and Hawthorne." *New England Quarterly*. 9. (1936) 253-272 を始め先行研究が多い。つけ加えるまでもないことだが「東洋的な」という言葉からは、アラビアン・ナイトの世界などを連想するべきである。日本などは「極東」であり、南北戦争前はアメリカ文学の中で言及されることはきわめてまれである。

(5) オベロンとはホーソーンが一時使用していたペンネームである。

(6) ラケルについては創世記二九章参照。ヤコブの妻。ユディトは経外典ユディト書参照。町を救うために、アッシリア軍の将ホロフェルネスをたぶらかし、彼の首を斬った。この日記の四年後に書かれた『大理石の牧神』ではミリアムが彼女の絵を描く。バテシバについてはサムエル記下一一章参照。なおダビデとバテシバの名が『緋文字』九章でヘスターと牧師の姦通を暗示するために用いられているのは周知の事実であろう。

二〇世紀のディムズデイル、ヘスター、パール
――三冊の『緋文字』語り直し小説について――

柴田元幸

アルゼンチンの作家エドゥアルド・ベルティに、『ウェイクフィールドの妻』（一九九九）という長篇がある。妻を残して家を出て、すぐ隣の通りの下宿屋で二〇年暮らした男をめぐるホーソーンの不思議な小品「ウェイクフィールド」を、ベルティは妻の視点から、当時のイングランドの社会情勢（たとえばラッダイト運動――「ウェイクフィールド」ではほんの端役である下男がこれに関わっていることが大きな要素となっている）などを交えて興味深く語り直している。(1)

ポール・オースターの『幽霊たち』（一九八六）にしても、単に作品内で「ウェイクフィールド」が言及されるのみならず、主人公の探偵ブルーがさしてあとさきも考えずに恋人の元を離れ、ずるずる他人の見張りをつづけているうちに社会的アイデンティティを失ってしまう――それこそまさに「宇宙の追

放者」になってしまう——という展開を考えれば、ほとんど「ウェイクフィールド」の現代的書き直しとも言える。「元未来のミセス・ブルー」が街なかでばったりブルーに出くわしたときに、ウェイクフィールドの妻とは違って、ブルーを罵倒し、殴りかかるあたりが、いかにも現代風にアップデートされているると言うべきだろう。

さらに、ホーソーンの代表作『緋文字』の語り直しとしては、ジョン・アップダイクの『緋文字』三部作がよく知られている。ポーほどではないにせよ、ホーソーンの作品も、現代作家たちの想像力を刺激しつづけてきた。

本稿では、それぞれ『緋文字』の主要人物の名がそのままタイトルとなった、三つの現代小説を扱う。チャールズ・ラーソン『アーサー・ディムズデイル』(一九八三)、クリストファー・ビグズビー『ヘスター』(一九九四)および『パール』(一九九五)。「論」というよりも「紹介」を眼目とする文章であることをお断りしておく。

I

これら三冊の小説は、アップダイク『緋文字』三部作や『幽霊たち』のように舞台を二〇世紀に移したいわばアップデート版ではなく、ベルティの『ウェイクフィールドの妻』が「ウェイクフィールド」

同様一九世紀のロンドンを舞台としているように、原作と同じ一七世紀を舞台にしていて、登場人物の名前、基本的な人間関係などもそっくり同じである。『ヘスター』『パール』の作者ビグズビーは、「一七世紀を理解しようと努めている一九世紀の風味」を再現しようとしたともあとがきで述べている（『パール』二三三）。反面、やはり二〇世紀後半に書かれた小説ということで、『緋文字』と大きく違う面も当然ある。最大の違いは、『緋文字』が輪郭だけ描いて細部の想像は読者に委ねがちであるのに対し、これら三冊は細部を書き込みがちだという点だろう。『緋文字』がはたしてノベルかロマンスかという問題の答えはそれほど自明ではなかろうが、これら三冊と比較してみる場合、やはり『緋文字』はロマンス的であり、三つの二〇世紀小説はノベル的である。特に、『アーサー・ディムズデイル』は、『緋文字』とほぼ同じ時期の出来事を、いわば別アングルから扱っていることもあってか、『緋文字』が書かずに済ませた輪郭の内部を小説的に書き込んだように思える箇所が多い。

アーサーはナイトスタンドに手を伸ばして眼鏡を取り、滑らせるようにして鼻の上にかけ、夜具をはいでベッドから這い降りた。粗い毛糸の毛布に包まれていた体は、汗でぐっしょり濡れていた。時は三月の初旬、外の温度はほぼ氷点下で、冬の氷と雪が、北極のどこかにある王国のゴミの山のように高く積もっている。闇のなか、アーサーは部屋の向こう側のテーブルに行き、火打ち石を手探りで探して、何度か打った末に、獣脂の蠟燭を灯した。抑え気味の光のなかに部屋が浮かび上がった。外は一面闇で、時計をちらっと見ると夜明けはまだ何時間も先だ。彼は胴から汗を洗い落としたかったが、盥の水はかちかちに凍っていた。[2]（『アーサー・ディムズデイル』二一）

このように、アーサー・ディムズデイルが下宿している部屋のなかについて、我々は『緋文字』よりも多くを具体的に「知る」ことになる。そして、主要人物たちの伝記的「事実」など、もっと重要な点についても、我々はより多くを知らされる。

たとえばこの小説でロジャー・チリングワースは、残虐なインディアンの部族に捕まって真っ赤に焼けた石炭を持たされたりゴミや犬の糞を食わされたりと、さんざん虐待されたのちに別の部族に救われたという経歴をディムズデイルに披露する。チリングワースはさらに、自分の「妻」についても、イギリスで医者をしていたときに彼のもとに連れてこられた自殺未遂の記憶喪失症患者だったと語る。結婚後、彼女は記憶を取り戻し、自分はユダヤ人で、ヨーロッパのユダヤ人迫害を逃れてイングランドに渡ってきたものの持ち金も底をつき絶望して自殺を図ったのだと打ち明けたという。名前はミリアム――言うまでもなく、『大理石の牧神』の、謎の過去を持つヒロインの名である。ヘスターとチリングワースとの関係が、もうひとつのホーソーン小説のヒロインと、彼女につきまとう謎の男の関係に重ねあわされているわけだ。

ところが、のちにヘスター本人がディムズデイルに語る話は、これとまったく違っている。ヘスターの母親はたしかにユダヤ人だったけれども、彼女自身は記憶を喪失したことも自殺を図ったこともなく、父親に強いられて、奇術師だった（！）チリングワースと無理矢理結婚させられたが、チリングワースの芸が失敗して客を死なせてしまったためイングランドにいられなくなり、夫より一足先にアメリカへ逃れてきたのだという。

このように、チリングワースについて二つのバージョンが、『大理石の牧神』とのコネクションのおまけつきで提示されているわけだが、問題は、それによってチリングワースという人物の奥行きが広がった気にさせてくれるかという点だろう。個人的感想にすぎないが、どちらかと言うと、突拍子もない珍説が二つ披露された、という印象を受けるにとどまってしまう感がある。

同じことが、ディムズデイルの過去をめぐる「事実」についても言える。

ウィルソン牧師に語ったとおり、アーサーはいつも病気がちの、寡黙で憂鬱気味の子供であった。船長だった父は、アーサーが四歳のときに海のもくずと消えた。残された少年の母の手元には、子供たち——アーサーと二人の姉、エリザベス（一三歳）、マリア・ルイーズ（八歳）——の養育にひとまず十分な、だが次第に目減りしていく遺産が残った。（一八九）

こうしてディムズデイルは、夫を亡くしたあとひきこもりがちになった母をはじめとする女ばかりの家庭で育ち、九歳のときにボール遊びをして足を怪我し、しばらくは松葉杖に頼って学校にも行かず、毎日本を読んで暮らし……と、ホーソーン自身の伝記的事実がほとんどそのまま流用されている。ホーソーンの父はたしかに船長だったが「海のもくずと消えた」わけではなく旅先のスリナムにおいて黄熱病で死んだのであり、ホーソーンのきょうだいは姉二人ではなく一人は妹だった（それもマリア・ルイーズではなくマリア・ルイーザ）、等々細部が微妙に違っているあたり、ほとんどホーソーン・トリヴィア・クイズを受けさせられている感じである。ホーソーン愛好者にとって興味深い設定ではあるだろうが、こうしたディムズデイル＝ホーソーンという等式から何を読みとればいいのかは、実のところはっきりしない。結末近く、ディムズデイルが自室で九歳のころの自分を見る場面――少年は松葉杖をかたわらに置いて、一心に本を読んでいる――などは大変美しいが、作品の大半、ディムズデイルは罪の発覚を恐れる小心者ぶりを露呈するばかりで、読み終えてアーサー・ディムズデイルについてより多くを知りえた気には、残念ながらいまひとつなれない。

Ⅱ

クリストファー・ビグズビーの『ヘスター』は、イングランドからアメリカへ渡ってくる以前のヘスター・プリンに焦点を当てた、続篇（sequel）ならぬ前篇（prequel）である。

イングランドはノリッジの町はずれで、これといった不満もなく暮らしていた娘が、怪我をした旅人を介抱しているうち、若くもなく体も奇形であるその男に次第に惹かれていく。

彼女の手に届かぬ神秘にあたかも触れているかのように、男はさまざまな言語を話した。それらの言葉は、娘には何の意味もなさなかったが、そこに彼女は音楽を聞いた。自宅から十マイル以上離れたこともめったにない娘にとって——この点で彼女は同国人の十人中九人と一緒だった——彼は昇る朝日の向こうの世界を体現していた。(『ヘスター』一九)

ヘスターはこうして、チリングワースと恋に落ちる。あるいは恋に落ちたと思う。要するに彼女は、チリングワースの「知」に恋するのだ。そして二人は結婚するが、いくらも経たぬうちに、チリングワースが「知」のみから成る、「情」を持たない人間であることをヘスターは思い知る。はじめは「驚異の博物館」であった彼との世界は、単なる「家」となり、やがて「牢獄」になり果てる(二一)。結婚の失敗を悟った彼女は、もう一度人生をやり直すために、夫を捨てて単身アメリカへ向かうのである。

この設定はそれ自体では説得力があるし、『緋文字』とつなげて考えても納得がいく。問題はこれが、ジョージ・エリオットの『ミドルマーチ』のドロシアとカソーボンの関係に似すぎていることだろう。カソーボンとの不用意な結婚の結果、ドロシアが(最後は意中の男ラディスローと結ばれるとはいえ)

長く深い苦悩を経るのに較べると、ヘスターの、まさに「希望」(*Hope*)なる名の船に乗ってのアメリカ逃避行は、いささかお手軽な印象を与えてしまう。

とはいえ、これは次作『パール』でもそうなのだが、このビグズビーという書き手は、海を書くときもっとも筆が冴える。アメリカへ向かう船のなかで、ヘスターが記す日記には、次のような記述が見られる。

　この美しい光景の象徴と思えたものを私はしばらく眺めていた。純白の海の氷を背にした、一点の緋色(*a patch of scarlet*)。それはあたかも、白さに包まれた氷の広がりのなかに、太陽が天の驚異を存分に携えて輝くべく、どこかに勾配か尖りを探し出したかのようだった。何か生き物の姿は見えぬかと、私は依然顔を岸辺に向けていたが、実のところ目は、この深紅の壮観に惹きつけられていた。麦畑に咲くたった一輪の芥子《けし》の花は、黄金色に輝く、一面穂もたわわな畑全体と競いうる。来る日も来る日もひたすら動きつづける同じ海を見てきたあとでは、それはまさに生の象徴に見えた。

　時に太陽に向かって、時には太陽から離れて、左に右に、風を探りながら暗く狭い航路を船がたどっていくなか、その狭い海峡からゆっくりと靄がたちのぼり、大洋の白き胸に浮かぶこの濃い赤の薔薇を私はいつしか見失った。ところが、船がもう一度大きく方向を変え、粉っぽい氷のへりを滑る橇のように船体がふうっとため息を漏らすと、ふたたびそれが見えてきた。のぼりゆく靄のクッションに

よって和らげられつつも、突然の一筋の陽光にそれは照らされていた。（一一七、原文斜字体）

この一節が効果的なのは、それ自体美しい描写であるだけでなく、『緋文字』において象徴的な意味を持つ緋色と、いわば適度に能率悪く重なりあっているからだ。一方が一方のコメントに還元されてしまうのではなく、それぞれが独自の存在感をもってたがいに反射しあっているのである。新大陸に上がってからの、『緋文字』を横目で睨みつつの展開はいささか窮屈そうだが、こうした見事な海の記述によって、『ヘスター』はそれ自身の価値を獲得している。

Ⅲ

ラーソンの『アーサー・ディムズデイル』のなかで、チリングワースがディムズデイルに「宗教とは大衆の解毒剤だ」と言う箇所がある（一二三）。言うまでもなく、マルクスの「宗教とは人民の阿片だ」を踏まえた意図的なアナクロニズムだが、『ヘスター』につづいて発表されたビグズビーの『パール』にもこんな一節がある――「アメリカでは、自分が時おり、あまりにも厳粛なドラマを演じているような気がしたとすれば、ここイングランドでは、茶番劇（ファース）を演じる運命にあるようにパールには思えた」（五九）。これまた、歴史は二度くり返される、ただし一度目は悲劇として、二度目は茶番として、というマルクスの有名な発言のもじりである。
そして事実、『ヘスター』とはうって変わって、イギリスへ渡ったパールのその後を描いた小説『パール』において、もっとも生き生きしているのは、まさにファース的な部分であるように思える。たったいま引用した箇所につづいて、語り手はこう述べる――

たしかにその晩、北半球広しといえどもこれほど珍妙な連中はいるまいという面々が一堂に会したのだった。パールのいとこは大きなテーブルの端に陣取り、痛みがある方の脚を暖炉の方に向け、丸椅子の上に載せていた。細い、白いパイプをくわえ、その軸をさながらフルートのように手で持って、訪問者をもてなそうとしているかに見えた。が、そこから発せられるのは甘美な音楽ではなく、神の地のどこかに属すとすれば、雨が洗い流すべきだったものを太陽が発酵させてしまった農場に属す匂いであった。

テーブルの反対端にはタブズ氏が座っていた。何とも相応しい名というほかない。その体の見事に丸いこと、死後保存することができるなら樋の下に置いて雨水を集めるのに使えそうである。実際、パールから見て、この白鳥亭につながりのある人たちのなかで、一月ばかりパンと水のみで暮らすことで益を得ぬであろう人はほとんどいなかった。逆に、ここにつながりのない人たちのなかで、今晩このテーブルに置かれるはずのローストビーフと鶏肉から益を得ぬであろう人もほとんどいるまい。

が、正義はあくまで正義であるからして、聖ペテロの門のこちら側で、そのような交換が達成されることはよもやないであろう。（五九）

単に善良な人々をユーモラスにたたえるのでなく、毒を含ませたコメントを随所に盛り込んだ、良質の「一九世紀の風味」（というより、むしろ一八世紀？）を感じさせる書きっぷりである。

とはいえ、一方でこれは『緋文字』の続篇として書かれた作品でもあり、その面では、当然茶番では済まない。たとえば、イングランドへ旅立つパールが母ヘスターと最後の抱擁を交わす場面では——

母も娘も涙を抑えられぬまま、一心同体であるかのようにたがいにしがみついた。パールは顔を母の胸に押しつけ、ヘスターは何年も前によくそうしたように気もそぞろに娘の髪をなでていた。あまりにしっかり抱きあっていたので、ようやくパールが抱擁を解いて一歩うしろに下がると、母の服に浮き彫りになっていた文字が、娘の頬に凹みを残していた。しばしのあいだ、太陽が湾のコバルトブルーの水のむこうに昇っていくなか、その跡は白から赤に変わって、燃えるような輝きを帯びて光り、やがてそれも冷めて見えなくなった。パール自身は何も気づかなかったが、母親ははっとあとずさりし、何か迫りくる災いを食い止めんとするかのように片手を上げた。（一〇—一一）

むろん作品を通して、小説がずっと茶番である必要もなければずっと意味深長に象徴的である必要もないが、それらの要素がうまく嚙みあっている必要はある。全体の印象としては、物語自体は茶番を――とまでは行かなくとも、少なくとも喜劇を――志向している一方、『緋文字』の手前もあって時おりシリアスになっている、という感がある。

あるいはまた、これは『ヘスター』でもそうだが、ヘスターやパールにフェミニストの先駆を演じさせるところでは、やや安易に現代が持ち込まれがちである。


「女性が一人でいるのはよくありませんよ」

「あらそう。どうしてかしら?」

「どうしてって、何が身に起きるかわからないじゃありませんか」

「それはそうよね。でもどうして、男だってそうだってことにならないのかしら?」

「男はそういう重荷に耐えるよう生まれているからです。強い腕と心で、試練に立ち向かうんですよ」

「で、女は?」

「女は炉辺を守り、家庭を切り盛りするんです」

「その知恵、どこから来たの?」

「え?」

「それはあなたの意見かしら、それとも他人の？」（『パール』一九）

もちろんパールの言うことは現代から見て正しいが、一七世紀の文脈でこのような考えや言い方がすんなり出てくるとは考えにくい。たしかにパールは、その育ち方からして、嫌でも当時の価値観に懐疑的にならざるをえなかっただろうが、ここではあまりにも安易に現代が持ち込まれている感は否めない。パールが一七世紀の思考の枠組みと格闘している実感を我々は持てない。

このように、『緋文字』とのつながり、フェミニズムへの善意ながらやや不用意な配慮、といった問題点はあるが、『パール』全体としては、特に後半は喜劇が主流となって、独自の面白さを生み出している。

チリングワースが彼女に遺した地所と財産を相続すべく、パールは母親をボストンに残してイギリスに渡ってきたが、指定された弁護士のところへ行ってみると、書類に問題があると弁護士から難癖をつけられる。あまつさえチリングワースの弟と名のる人物が現われて、遺産相続はスムーズに進まない。一方、パールはハンサムな牧師ジョン・スタンドフと恋に落ち、彼の子を身ごもるが、スタンドフの態度はどこか怪しく（偽善者であることを露呈したスタンドフが「君と私がしたことは、それ自身の神聖さがあったのだ」（一八一）と、『緋文字』のヘスターの科白を反復するのはさすがに趣味が悪いと思う）……と事態は次第にメロドラマ的になっていくが、最終的には、インチキ弁護士の弟に助けられて、地所も財産も無事パールの手に渡る。歳は四〇近いが、優しい心の持ち主で、それなりにハンサムでなくもないその男と、パールは結婚するのか？　それについては、『ジェーン・エア』の結末をもじって「読者よ、パールは彼と結婚しなかった。というか、そう言われている」(二三二)と意図的に曖昧にしてある。全体としては一八世紀のフィールディングあたりを思わせるコミカルさが身上の小説だが、最後では洒落た形で二〇世紀が顔を出していると言えよう。

＊

これら三冊には、どれもそれなりの面白さがあるのは間違いない。が、『緋文字』と較べたら？と考えると、いささか口ごもらざるをえない。「一七世紀を理解しようと努めている一九世紀の風味」を備えた小説を二〇世紀に書こうとすることで、時空間がやや統一感を欠く――さりとて、いわゆるポストモダン小説のように時空間の統一を意図的に破壊しようとしているわけでもない――ところが三者に共通してあるように思える。『緋文字』では、ヘスターにせよディムズデイルにせよ、一七世紀のボストンの枠組みのなかに位置して、支配的な思考体系と闘っているさまが生き生きと伝わってくる。細部にしても、書き込むことの強みももちろんあるが、書かないことの強みというものもあることが、両者を較べるとあらためて感じられるのである。とはいえ、少なくとも『ヘスター』と『パール』は、『緋文字』とはまったく違った、独自の魅力的な瞬間を持つ小説であることは認めてよいと思う。

注

（1）『ウェイクフィールドの妻』の内容については、東京大学大学院総合文化研究科地域文化研究専攻、博士課程在学中の青木健史氏からご教示いただいた。この場を借りてお礼を申し上げる。

（2）訳は引用者。以下すべて同。

引用文献

Auster, Paul. *Ghosts*. Los Angeles: Sun & Moon, 1986.

Berti, Eduardo. *La mujer de Wakefield*. Buenos Aires: Tusquets, 1999.

Bigsby, Christopher. *Hester*. New York: Viking, 1994.

———. *Pearl*. London: Weidenfeld & Nicolson, 1995.

Larson, Charles R. *Arthur Dimmesdale*. New York: A&W Publishers, 1983.

『緋文字』の映像性

西谷拓哉

『緋文字』は多くの印象的な映像から成り立っている小説です。「映像」という一語を与えられただけで、ディムズデイルが夜空に見たとされる巨大なAの文字、総督邸の鎧に映るヘスターの歪んだ像、また、海岸の水たまりや森の小川に映るパールの姿といったものが次から次へ鮮やかに脳裏に浮かびあがってきます。一般に私たちは、以前読んだ小説について思い出すとき、「あの場面、この場面」と視覚的に空間化して想起するのが普通ですが、『緋文字』はとりわけそういう思い出し方を許す作品です。そのように読者の視覚に強く訴えかけてくるというところから、いささか単純な発想ではありますが、『緋文字』は映画的な小説であるというテーゼを提出してみたいと思います。

「映画的」という言葉は『緋文字』を形容するのに、ひょっとすると意外な感じを与えるかもしれません。映画にアクションの要素は欠かせませんが、『緋文字』は心理主義的な要素が濃く、いわゆる劇的な動きに乏しい小説だと言われています。たとえば、リチャード・チェイスは「ホーソーンの小説は鏡のようだ。それらが我々に提示するのは静止し、絵のように見える現実の姿である」（七一）と評しました。しかし、ホーソーンは表面的な静けさの中に、きわめて激しい動きを潜ませる作家ではないでしょうか。そのような「静」と「動」がぶつかるとき、少なくとも私にとって、ホーソーンのきわめて映画的な瞬間、あるいはシークェンスが生まれてまいります。小論では、まず『緋文字』におけるそのような瞬間をいくつか拾い上げ、ホーソーンの映画的想像力について考えてみようと思います。

そのためにはまず「映画的」という言葉を定義しなければなりません。イギリスの作家・批評家であるデイヴィッド・ロッジに「映画的な小説家としてのトマス・ハーディ」という論考があります。小説の映画性について考える上で便利なので、ロッジがハーディの小説の何を映画的と見なしているかを要約してみましょう。ロッジはまずレイオン・エイデルの「小説とカメラ」という論文から次のような一節を紹介しています。

小説家はそもそも最初からカメラになろうとしてきた。それもじっと動かない道具ではなく、二〇世紀に映画のカメラが獲得したような、空間と時間の中を縫っていく運動性を備えたカメラである。我々はバルザックの動きについていく。バルザックは対象の中に入り込み、街全体から通りに入り込み、通りから家の中に入り込む。我々は部屋から部屋へ移動する彼の後ろにぴったりくっついていく。

この巨大な「写実主義者」はまるで映画の出現を予見していたかのようである。映画のカメラなら同じことを数秒のモンタージュで「撮って」しまうだろう。その時、我々は「言葉」の力を失い、かわりに「映像」の力を突きつけられるのである。(エイデル、一七七)

このあとロッジは、映画的な小説家とは、言葉による描写の自由度をあえて放棄し、題材を視覚的に提示して、映画に特徴的な視覚効果を再現しようとする作家だと規定します。その上でハーディの小説の映画的特徴として、主に『帰郷』(一八七八)に即しながら幾つかの点を指摘していきます。主なものを挙げますと、(一)登場人物が抱いている罪意識や、物語のサスペンス、あるいは偽りを伴う出会いを劇的なものにするための装置として「鏡」を多用する。(二)広大な自然や、ある状況の中に置かれた人間の孤独と疎外感を強調するために鳥瞰《エアリアル》ショットを使用する。(三)情景や風景を見る「視点」、「眼」として、特定の登場人物、あるいは架空の人物をわざわざ設定する。これは、「もしそれを観察する人がいたら……気づいたであろう」、「もし誰かここをぶらつく人がいれば……と推測したかもしれない」、「……と見て取れた」といった表現となってあらわれている。特にこの三点目に関して、ロッジはハーディがこのような視点を多用する理由について、ヒリス・ミラーの論考から次のような解釈を借りてきます。すなわち、ハーディがこのような視点を持ち出すのは、人生との直接的な関わりを避け、みずからは見られることなく他者を観察する立場を確保したいがためだというのです(ミラー、四三)。さらに、ロッジはそのような解釈に加えて、ハーディは「映画でなら説明も言い訳もいらない提示方法が小説で使われた場合、それがごく自然に見えるように努めて」おり、「目撃者の眼はカメラ・レンズのように機能している」(九八)という自分なりの説明をしています。

ここで挙げられている特徴の中にはホーソーンにも当てはまるものがあり、私などはハーディとホーソーンの類縁性に大いに関心をそそられます。『緋文字』における「鏡」の使用はその最たるものですが、これについては既に多くの考察がありますので、ここではそれを避け、鳥瞰ないし俯瞰ショットについて見ますと、「税関」の初めにきわめて印象的なセンテンスがあります。

私の故郷であるセイラム、その波止場は半世紀前、キング・ダービィの時代には大いに賑わったものだが、いまや木造の倉庫がいくつか朽ち残っているだけで、商業の脈動はほとんど、あるいはまったく見られず、ただほんのときたま、陰気な波止場の中ほどで三本マストか二本マストの小型帆船が一隻、獣皮を陸揚げしていたり、あるいは、もっと手前でノーヴァ・スコーシアのスクーナー船が薪の積み荷を降ろしていたりする程度――このさびれはて、しばしば潮に浸されもする波止場に沿って行くと、一列に並ぶ建物の土台やその裏側を縁どるしおれた雑草に、長きにわたる衰弱の年月が見て取れる――そんな波止場の先端に、正面の窓から、およそ景気がいいとは言いかねる眺めを見下ろし、その先の港全体を見渡せる煉瓦造りの宏壮な建築物が立っている。(五)

ホーソーンが読者を税関の建物へと導いていくくだりですが、これは映画の冒頭に典型的に見られる状況設定《エスタブリッシング》ショットそのものです。ホーソーンの「眼」、すなわちカメラはまずセイラムの町を全景で捉え、次いで波止場にパンし、倉庫に近づきながら、その並びに沿ってトラックショットで直線的に移動し、途中で帆船やその積み荷をクローズアップで映したあと、再び移動して、港の全景を今度は税関内から見渡し、ようやくその建物を外側から映します。引用箇所は原文では主語（「宏壮な建築物」）が数行にわたる行文の末尾に置かれるという非常に長い倒叙文となっており、その複雑なシンタックスがホーソーンのカメラの広範囲に及ぶ運動をそっくりなぞっています。この一つのセンテンス（ショット）の中で、私たちは現在の埠頭の空間を移動するだけでなく、繁栄から荒廃へ半世紀という時間を行き来するのです。

この生き生きと動くカメラは『緋文字』本編の第二章、第三章で再び登場し、さらに複雑な動きを繰り返します。この二つの章では、さらし台に立ったヘスターを群衆が見つめるという状況によって強烈な演劇性が生じています。実際に、シーン、スペクタクル、見物人、目、凝視といった言葉が多用されていることからも、ホーソーンがこの場面を一種の演劇として捉えていることは明らかです。にもかかわらず、ホーソーンが『イングリッシュ・ノートブックス』一八五五年九月一七日の記事で、『緋文字』がオペラ化されたことに触れ、この小説はオペラには向くだろうが芝居では成功しないという感想を洩らしているのは非常に不思議な感じがします（『全集』第二一巻、三四六）。

ならば、映画でならどうでしょうか。たしかに、ホーソーンの感想はある一面で『緋文字』という作品の本質を鋭く突いているかもしれません。ダン・マッコールも、ホーソーンは自分の想像力が「小さなシーンの積み重ねよりも、独立した大シーンでこそ最高の力を発揮する」ことをよく知っており、登場人物は現実の会話ではなく、アリアで話すのだと述べています（六二）。しかし、それでもやはり私には、さらし台の場面を統御しているのはオペラではなく、映画的想像力であるように思えてなりません。

ヘスターはさらし台の上でじっと立っているわけですから、派手な身体的アクションはありません（むろん、その静止こそがアクションだと言えますけれども）。動くのはこの演劇的な状況を撮し取るホーソーンの眼＝カメラです。ホーソーンのカメラはまず俯瞰で、獄舎の前に集まり、ヘスターの出獄を待ち受けている群衆をひとかたまりに捉えます（三六）。パールを抱いて獄舎から出てくるヘスターの姿が、逆光で陰影の濃い明暗対照法で提示され（三八―三九）、カメラは次いで、さらし台に立つヘスターに群衆が浴びせかける「千もの仮借ない眼差し」を記録しながら、それを懸命に受けとめるヘスターの中に入り込んでその内面の眼となり、群衆が不分明な像になって溶暗し、それに取って代わって過去のイングランドでの映像が浮かび上がる様を映し出していきます（四二）。やがて、ヘスターが群衆の中にチリングワースの姿を認めると、彼女の視線を体現したカメラは、素早いズームによって群衆を掻き分けていき、チリングワースをアップで映し、彼がヘスターを凝視しながら唇に静かに指を当てる動作を、あたかも印象的なスローモーションのように詳細に捉えるのです（四三–四四）。カメラはその後上下に振られます。「ヘスター・プリンよ」という、ウィルソン牧師の声によってヘスターの視線は頭上のバルコニーに向き、同様にウィルソン師の「アーサー・ディムズデイル殿」という呼びかけによって群衆の視線もサッと上へ引き上げられます（四七–四八）。このようにホーソーンのカメラはさらし台の空間を、群衆、ヘスター、チリングワース、頭上のバルコニーにいるお偉方、そしてディムズデイルを結びつける緊密な視線のネットワークとして構築していきます。

その「眼」に読者の眼が一体化し、一緒に動きます。演劇では観客の視点は固定されるか、あるいは制限を受けますが、映画ではカメラとともに自由に動いたり、登場人物の内部に入り込み、その視点を共有したりすることが可能です。さらし台の場面ではホーソーンのカメラがその観察力と運動能力を存分に発揮し、視線の交錯による見事な空間構築を実現しています。その意味で、この場面には、エイデルがバルザックについて指摘したような映画的ダイナミズムがあふれていると言えるでしょう。

さらし台の場面に関連して、非常に映画的だと思える点をもう一つ指摘してみます。それはモンタージュということです。森から出てきたチリングワースがボストンで最初に目にするのが、罪の印であるAの文字を胸につけ、さらし台の上に立つヘスターの姿です。それは強烈な映像となってチリングワースの心に焼き付いたはずです。そのことについて、チリングワースは第四章のヘスターとの会見で次のように述べています。

「ヘスターよ」彼は言った。「おまえがなぜ、どんなふうにして地獄に落ちたのか、いや、私がおまえを見いだした、あの不名誉な台にのぼったのか、そんなことはきくまい。（中略）広漠として暗い森を出て、このキリスト教徒の入植地にやってきたとき、最初に目にするのが、ほかならぬおまえ、ヘスター・プリンが、恥辱の彫像となって人々の前に立つ姿だということが私にはわかっていてもよかったのだ。いや、そもそもあの古い教会堂の階段を新婚夫婦として降りてきた瞬間から、われらの行く手に、あの緋文字のかがり火が燃えさかっているのが見えていたはずなのだ！」（五二―五三、傍点引用者）

この箇所で明らかにチリングワースは二つのイメージをぶつけています。一方にあるのは、姦通という罪によって地獄に落ちたヘスターがさらし台に上るという映像。もう一方は、結婚して幸福の絶頂に登りつめた二人が教会の階段を降りてくるという映像で、この二つのショットが上昇と下降のイメージを交差させるモンタージュを形成しています。チリングワースがさらし台に立つヘスターを見つめていたとき、彼の脳裏でこの二つの映像が激しい軋みを起こしていたのです。そして、その映像の軋みこそ、この男の中に悪魔的な心の歪みを生じさせたものにほかなりません。このモンタージュはそのことを鮮やかに物語っています。

上昇と下降のモンタージュ映像は物語全体のデザインの中枢に位置し、これ以降、さまざまな変奏を通して、登場人物の運命を予兆する役割を果たしていきます。そのことを示す端的な例が第二三章の最後の段落に見られます。

ヘスターが自分に下された宣告の狡猾な残忍さによって永久に封じ込められてしまったあの恥辱の魔法の円の中に立っていたとき、かの称賛すべき説教者は聖なる壇上から、その精神の奥底までも彼の支配にゆだねてしまった聴衆を見下ろしていたのである。聖者とうたわれた牧師は教会に！　緋文字の女は広場に！　この二人の上に同じ焼けつく烙印が押されていたと推測するほどの不敬な想像力があり得ただろうか？（一六七、傍点引用者）

ここで働いているのは、「不敬な想像力」ならぬ映画的想像力です。このモンタージュは単に広場と教会という二つの異なる空間を接合し、同時に提示するというだけではありません。それは、ディムズデイルがやがて説教壇を降り、広場のさらし台に立つであろう未来の映像をも内包し、そここそが彼にとって「聖なる壇上」になるべきことを一瞬にして読者に予感させるのです。

さて、レイオン・エイデルは先に紹介した論考の中で、映画のカメラとの類縁性を持った小説家として、バルザック、トルストイ、フローベール、ヘンリー・ジェイムズの名を挙げています。いずれも一九世紀後半のリアリズムの作家ですが、映画との親近性という点から考えたとき、ホーソーンをこれらリアリズム作家群の最初期に位置づけることが可能ではないかと思います。そこで、これまでに見てきた『緋文字』の映画的な瞬間や場面を、仮に「リアリズムの映像」と呼ぶことにします。

それでは、小論の冒頭で印象的な映像の例として挙げたもの、たとえば、第一二章で罪の秘匿に悩むディムズデイルが天空に見たとされる、「にぶく赤い光で縁どられた巨大な文字―Aの文字―」(一〇七)はどのような性質を持ったものでしょうか。

しかし、ディムズデイル牧師が言いおわらないうちに、暗くたれこめた空一面に光がきらめいた。それは間違いなく、夜空を眺める者がしばしば目撃するように、流星のひとつが大気圏の虚空で燃えつきたせいであった。その閃光はまことに強烈で、天と地のあいだの厚い雲の層をあまねく照らし出し、夜空の丸天井は、まるで巨大なランプのドームのように輝いた。(一〇五―一〇六)

この箇所は、たしかに私の中に一つの鮮やかな映像となって記憶されています。しかし、だからといってこの映像は「映画的」と言えるでしょうか。これは、言ってみれば、「ロマンスの映像」です。ホーソーンは『七破風の屋敷』の序文で、ノヴェルとロマンスの区別を試み、「人間の心の真実」を描くロマンスの作者は、「もし適当と考えるなら、雰囲気を醸し出すその媒体を操作して、画面の光を明るく、あるいは柔らかくして、その陰を深め、豊かにする権利を当然のごとく持っている」(一)と述べています。ディムズデイルが夜空に見たとされるAの文字はまさにこのロマンスの目的に奉仕する映像であり、また、総督邸の鎧に映るヘスターの姿はそのもう一つのよい例です。

この「ロマンスの映像」がどれほどの成功を収めているか、その判定はなかなか難しい問題ですが、少なくともリアリズムの目から見た場合、大げさな誇張と映ることでしょう。たとえば、ヘンリー・ジェイムズは私が「ロマンスの映像」と言っているものを「象徴主義」という言葉で呼び、「ホーソーンは彼が関心を抱いている精神的事実と絵画的照応をなしている形象をたえず探し求めている」（九四）と指摘しています。しかし、ジェイムズからすれば、『緋文字』の象徴主義はあまりにも濫用され、特にAの文字の構想に関しては「時に度を超して機械的」で「平凡と紙一重」（九二）になっており、ディムズデイルが見たAの文字は「道徳的悲劇ではなく、物理的喜劇《フィジカル・コメディ》」（九四）だと手厳しく批判しています。

この「物理的喜劇」という言葉は、いま問題にしている深夜の場面が実際の映画作品として実現された場合、おそらく我々がそれを見て落胆にも近い気持ちを抱き、ことによると失笑をもらすであろう事態を正確に予見しています。鎧に映るヘスターの歪んだ姿も、実際の映像で見せられたら滑稽さが先に立つでしょうし、あるいは、鎧の胴当ての凸面が眼球の凸面を模倣しているという視覚的な面白さのみが際立つ結果になってしまうかもしれません。このように考えると、ホーソーンの「ロマンスの映像」は、基本的にリアリズムの産物である映画にはなじまない、その意味では反映画的なものだと言うことができます。

しかし、効果として成功しているかはともかく、この「ロマンスの映像」に、いや、正確に言い直しますと、「リアリズムの映像」と「ロマンスの映像」の混在にこそ、『緋文字』におけるホーソーンの想像力のありようが反映されています。ホーソーンは群衆シーンというものをよく描きます。「若いグッドマン・ブラウン」や「僕の親戚モリノー少佐」における群衆シーンのスペクタクルは非常に幻想性の強いものですが、少なくとも『緋文字』のそれはリアリズムの範疇にあり、通常の蓋然性を自然に獲得しているように思われます。言い換えれば、それは『緋文字』を書いている際のホーソーンの心のスクリーン上に先験的に存在している光景を忠実に写し取ったものである。一方、夜空や鎧に映るAの文字は、「ロマンス」の目的に合わせるべく後発的に作られた映像で、その色調や光が作者によって加工されたものであるという印象を与えます。

この二種類の映像の混在は、『緋文字』本編の始まり方によくあらわれています。第一章と第二章はどちらも監獄の前に集まる群衆の描写で始まります。

くすんだ色の衣服をまとい、灰色のとんがり帽子をかぶって髭を生やした男たちに、頭巾をかぶったり、かぶらなかったりする女たちも混じる一群が、木造の建物の前に集まっていた。その扉はがっしりした樫材でできており、鉄の大釘が一面に打ちつけてあった。(三五)

少なくとも二世紀前の、ある夏の日の朝、監獄通りの獄舎の前の草地には、かなり大勢のボストンの住民たちが集まっていた。みんなの目は鉄のかすがいで留められた樫の扉に釘づけにされていた。（中略）その見物人たちには厳粛な態度が見られた。それは、宗教と法律がほとんど一体となって、両者が性格の中で渾然と融合してしまい、公の懲罰となれば、どんなに穏やかなものでも厳しいものでも、等しく畏敬と畏怖の念をもって受けとめた民衆にふさわしい態度であった。（三六）

この二つの章の書き出しを読んだとき、同じことが二度繰り返し起こっているという奇妙な感覚に襲われるのですが、両者の描写の性格は大きく違っています。第一章では群衆は清教徒の精神的な頑なさや暗さを表すアレゴリカルな記号として提示されていますが、第二章に移ると人々に現実的な相貌と言動が与えられます。つまり、『緋文字』の本編は二度始まる――いったんはアレゴリーとして、次いでリアリスティックなノヴェルとして、異なる始まり方をするのだということです。

「リアリズムの映像」と「ロマンスの映像」が混在し、融合する最も顕著な例は、言うまでもなく第一九章で森の小川に映るパールの姿です。

彼女が立ちどまったところは、ちょうど小川が淀んで淵をなし、そのなめらかで静かな水面は、花や環にした木の葉で飾られて絵のような美しさに輝く子どもの姿を、寸分違わず、しかし、実物よりも一段と純粋に霊化して映し出していた。この映像《イメージ》は、生きているパールとあまりにもそっくりだったので、その影のような実体のなさが本物の子どものほうにまで伝わっているかのように見えた。（二四一）

これに続く一節で、緋文字をはずしたヘスターを指弾するパールの姿が水面に映る映像として反復され、何度も強調されています。「ついにパールは独得の権威ぶった態度で片手を伸ばし、小さな人さし指を突き出して、はっきりと母親の胸のほうを指さした。すると、足元の小川の鏡でも、花で身を飾り、日光を浴びた小さなパールの影が小さな指を突き出しているのだった」（二四二）。ここでのパールの現実の姿と水面の映像の二重写しは、親だけで作られた共感の領域から疎外され、嫉妬を覚えている子どもというリアリズムからの要請と、また、緋文字を捨てようとしているヘスターの行為を、「罪の生ける象徴」としてのパールが批判するという、ホーソーン流のロマンスの要請を見事に一致させたものだと考えることができます。

ホーソーンは『アメリカン・ノートブックス』一八四二年九月一八日の記事に、コンコードの川面に美しく照り映える木々や空の形象を印象深く書き留めています。その中で、「この映像《リフレクション》こそ現実だと半ば確信している」と、映像というものに対する思い入れを語り、「実体のない影」のほうが「現実の景色よりもはるかに精神を満足させる」と述べています（『全集』第八巻、三六〇）。しかし、四年後のエッセイ「旧牧師館」の中で同じ風景を描いたときには、映像にひかれつつも、「ここでは実物とその映像はともに、ある理想的な魅力《アイデアル・チャーム》があった」として（『全集』第一〇巻、二二）、実体と映像の双方を注視するという姿勢へと変化を見せています。その変化のさらなる結実が、『緋文字』の森の小川に映るパールです。ヘンリー・ジェイムズはこの小川の場面がどうも気に入らないようですが、しかし、ここでのパールの二重写しは、実体と鏡像、リアリティとロマンスのどちらをも見ようとしたホーソーンの想像力が最高の達成を見せた瞬間であったと評価することができるでしょう。

　二重写しになったパールの描写は私たちの映画的想像力に強く触れてくるもので、それを実際に視覚化してみたいという気持ちを掻き立てます。鏡というものに自身の似姿を見いだすためか、事実、これまで数多くの映画作品が、実体とその鏡像を同一画面に収めて観客を瞠目させ、あるいはその認識を惑乱させるような映像を作り上げてきました。しかし、森の中のパールの姿はおそらく映画としては満足のいく実現を見ないでしょう。それはあくまでホーソーンの想像力と読者の想像力のあいだで、言葉を介して形作られる理念的で理想的な映像であるために、現実の映像でそれを再現しようとしても必然的に失敗に終わってしまうのです。映像性を強く志向しながらも、実際の映像化を拒むという逆説がここにはあります。そのとき「『緋文字』は映画的な小説である」というテーゼは修正を余儀なくされるでしょう。しかし、その逆説にこそ、『緋文字』におけるホーソーンの想像力の特質が存在するのであり、そこにおいて我々は「小説の映像性」と「映画の映像性」の対立という根源的な問題に立ち会うことになるのです。

引用および参考文献

Chase, Richard. *The American Novel and Its Tradition*. 1957. Baltimore: The Johns Hopkins University Press, 1980.

Chatman, Seymour. "What Novels Can Do That Films Can't (and Vice Versa)." *On Narrative*. Ed. W.J.T. Mitchell. Illinois: The University of Chicago Press, 1980. [虎岩直子訳「小説にできること、映画にできないこと(そしてその逆)」、海老根宏ほか訳『物語について』(平凡社、一九八七)]

Edel, Leon. "Novel and Camera." *The Theory of the Novel: New Essays*. Ed. John Halperin. New York: Oxford University Press, 1974.

Hawthorne, Nathaniel. *The Centenary Edition of the Works of Nathaniel Hawthorne*. Gen. ed. William Charvat, et al. 24 vols. Columbus: Ohio State University Press, 1962-97. [『全集』と略記]

________. *The House of the Seven Gables*. Ed. Seymour Gross. New York: W. W. Norton, 1967.

________. *The Scarlet Letter*. Ed. Seymour Gross, et al. 3rd ed. New York: W. W. Norton, 1988. [八木敏雄訳(岩波文庫、一九九二)を基にして、自由な変更を加えた。]

James, Henry. *Hawthorne*. 1879. Ithaca: Cornell University Press, 1997. [小山敏三郎訳『ホーソーン研究』(南雲堂、一九六四)]

Lodge, David. "Thomas Hardy as a Cinematic Novelist." *Working with Structuralism: Essays and Reviews on Nineteenth- and Twentieth-Century Literature*. London: Routledge & Kegan Paul, 1981.

McCall, Dan. *Citizens of Somewhere Else: Nathaniel Hawthorne and Henry James*. Ithaca: Cornell

UP, 1999.
Miller, J. Hillis. *Thomas Hardy: Distance and Desire.* Cambridge, Mass.: Harvard UP, 1970.
Peary, Gerald and Roger Shatzkin, eds. *The Classic American Novel and the Movies.* New York: Frederick Ungar, 1977.
桂田重利『まなざしのモチーフ——近代意識と表現』(近代文藝社、一九八四)。

(小論は、二〇〇〇年五月二〇日、日本大学で開催された、日本ナサニエル・ホーソーン協会第一九回全国大会シンポジウム「『緋文字』をめぐって」における口頭発表に加筆したものです。)

日本における『緋文字』の受容

阿野文朗

ナサニエル・ホーソーンの著作中、およそ『緋文字』（*The Scarlet Letter*, 1850）ほどその名が人口に膾炙し、そして頻繁に研究の対象とされてきた作品はないだろう。邦訳にしても、これまで少なくとも一五人がこれを訳している。発行年順に翻訳者を挙げると、富永蕃江（明治三六年）、佐藤清（大正六年）、神芳郎（大正一二年）、馬場孤蝶（昭和二年）、福原麟太郎（昭和四年）、村上至孝（昭和一三年）、泉春夫（昭和二八年）、太田三郎（昭和三一年）、鈴木重吉（昭和三二年）、刈田元司（昭和四二年）、大井浩二（昭和四四年）、小津次郎・大橋健三郎（昭和四五年）、工藤昭雄（昭和四六年）、八木敏雄（平成四年）となるが、短編はもとより他の長編・中編と較べても、『七破風の家』（*The House of the Seven Gables*, 1851）が二回、『ブライズデイル・ロマンス』（*The Blithedale Romance*, 1852）、『大理石の牧神』（*The Marble Faun*, 1860）、『ファンショー』（*Fanshawe*, 1828）がそれぞれ一回しか訳されていないことを考えると、この作品の翻訳件数がいかに多いかが分かる。[1] この小文は、日本で最も知られた『緋文字』の批評と邦訳を通して――批評に関しては主として明治期を中心に――日本における『緋文字』受容の軌跡をたどったものである。

そもそも初めて日本人が英米作家の作品に接したのは、英語学習のため明治初期から使われた『ニュー・ナショナル・リーダー』(*New National Reader*)、『ユニオン・リーダー』(*Union Reader*)、『スイントンズ・リーダー』(*Swinton's Reader*)など、英語の教科書を通してであった。[2] 日本にホーソーンが持ち込まれたのも、このような英語教材を通してであるが、この場合、読者は英語の学習者に限られたことになる。例えば、ウィリアム・スイントン(William Swinton)他編の *Supplementary to Fifth Reader* として発行された *Seven American Classics*(1882)にはホーソーンの短編「人面の大岩」("The Great Stone Face")が全文入っていたし、またチャールズ・バーンズ(Charles J. Barnes)の『ニュー・ナショナル・リーダー第五』(*New National Fifth Reader*, 1888)には、『伝記物語』(*Biographical Stories*, 1842)から取られた「ベンジャミン・ウェスト」("Benjamin West")が出ていて、これに添えられたホーソーンに関する説明の中で『緋文字』が傑作の一つとして言及されている。

これに対して、初めて一般読者にホーソーンという作家を紹介したのは、明治初期の啓蒙思想家・中村正直である。中村は、サミュエル・スマイルズ(Samuel Smiles)の *Character*(1871)を『西洋品行論』と訳し、全編を明治一三年に出版したが、原書第九章に、ホーソーンが病的なほどに内気な人間

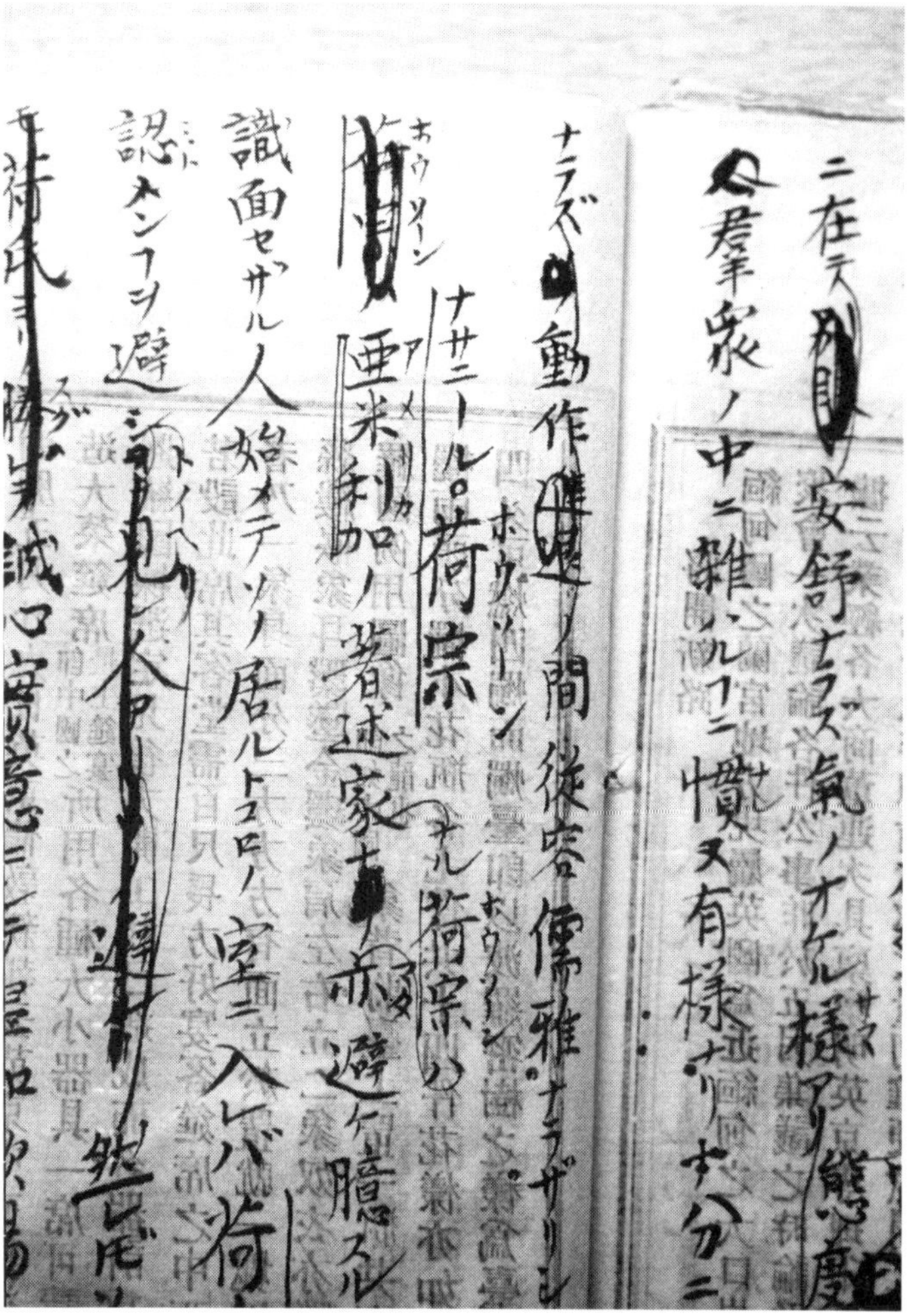

中村正直の自筆原稿（東北大学附属図書館蔵）

の例として紹介されているところを、訳書第九編の中で、まずこの作家を「ナサニール。荷宋《ホーソーン》」と表記し、「亜米利加《アメリカ》の著述家ナル荷宋《ホーソーン》ハ避け臆スル性アリテ痼疾《コシツ》トナリタリ……」と訳している。『西洋品行論』は、中村によるスマイルズの *Self-Help*（1859）の邦訳『西國立志編』（明治四年）に劣らぬ人気を博し、明治期のベストセラーの一つとなったが、明治の一般読者は、この中で初めて「ナサニール・ホーソーン」という内気な作家を知ったことになる。ちなみに、『西洋品行論』には『アメリカン・ノートブックス』（*The American Notebooks*）への言及と『大理石の牧神』からの短い引用がある。(3)

この一三年後、『緋文字』は、英文学者・渋江保によって初めて文学史に登場する。明治二四年、渋江は博文館発行の『英國文學史』に付録として収録された「米國文學史」の中で、『七破風の家』を「氏ノ小説中ノ随一トス」と評価し、『ブライズデイル・ロマンス』を「氏ノ著作中ノ重モナルモノナリ」と述べながら、『緋文字』に関しては発行年しか示さず、おまけに "letter" を「手紙」と解して『紅書翰』と紹介する。渋江が、中身を読まずにこの作品を紹介したことは想像に難くない。渋江の誤解は、子供のころこの "letter" が「郵便で届く文書」であると信じたヘンリー・ジェイムズ（Henry James）を思い出させるが、(4)「氏ハ心理學を嗜メルヲ以テ、其影響ハ自ラ著述上ニ顕ハレ、歴然トシテ見ルベシ」と、ホーソーンの心理的描写の巧みさが指摘されていることは、評価しなければなるまい。ちなみに、「文字」を「手紙」と解する誤りは渋谷にとどまらず、昭和に入ってからも、『米國文學大觀』（立命館出版部、昭和一〇年）の中で關一雄が、これを「緋の書簡」と紹介して同じ過ちを繰り返している。関の場合、それまで既に富永、佐藤、神、馬場、福原による『緋文字』の邦訳もあり、大正一一年には研究社英文学叢書として深澤由次郎による注解付きの *The Scarlet Letter* も刊行され、そしてまた『米國文學大觀』が発行された昭和一〇年には、研究社英米文学評伝叢書として湯浅初男による『ホーソン』が出ていることを考えれば、このような初歩的誤訳は不注意の誹りを免れない。

明治期に現れた『緋文字』の紹介、批評、翻訳を年代を追って見ていくと、[5] 不正確な題名ながら渋江によって初めて『緋文字』が紹介された翌年、『早稲田文學』第二五号（明治二五年一〇月）に掲載された評論「小説に於ける二勢力」の中でホーソーンが取り上げられ、「彼の The Scarlet Letter《ママ》 に於ては全篇の筋その第一章に於て見はれたり要するにホウソーンは外を主とせずして内を主とせり心霊の法則を活寫することを眼目とせり」と紹介される。書いたのは坪内雄蔵（逍遙）で、前置きによれば「フォーラム」（不詳）に出ていた「メレー・カッチング」なる人物の所論を抄訳したものとある。この文章は明治二九年、春陽堂発行の『文学その折々』に再登場するが、心理的描写は『緋文字』を含めホーソーンの作品の大きな特徴として、この後も指摘され続ける。これに対して、後年、明治四二年四月号の『早稲田文學』に掲載された「文藝批評と人生批評」の中で、片上天弦がこの作家をモーパッサンと比較して、「モーパスサンの作には人生の外部の熱を悉く収めてある。これが却つてホーソーンなどの深い内部の生命を描いたものよりも、實人生の一層直接な幻象を與へる」と、ホーソーンの作品の現実感の希薄さを指摘しているのは対照的で面白い。

明治二六年、ホーソーンの名は人名辞典にも現れ、山田武太郎（美妙）編著『萬國人名辭書』（博文館）上巻で、「ほおぞるぬ」と表記され、「其作ノ得色《ママ》ハ思想ガ純潔デ、邪氣無ク、勿論第一流ノ學者トハ言ヘヌモノノ、二流以下ノ人デハ無カッタ。重ナ作ハ小説、『The Scarlet leter《ママ》』とある。そして、翌明治二七年、大和田建樹は『英米文人傳』（博文館）の中で、この作品を「名聲を無窮に傳へしむべき小説『紅の文字』」と紹介し、「全篇想像に富み、婉麗花の如く、筆力も亦雄健なり」と評価している。

明治三一年一〇月発行の『日本英學新誌』第七年第五号には、『緋文字』第二章が純然たる語学学習の教材として提供されている。“Paraphrase of a paragraph of Chapter 2 in ‘The Scarlet Letter’” がこれだが、「パラフレーズは解釋と作文と両者の資助となるべし」ということで、「Hawthorne の有名なる傑作小説『スキャーレット、レッター』の一節を社友K.S.氏がパラフレーズして某米國人の校閲を經たるものに係る」として、原文とパラフレーズしたものが並べられている。ホーソーンの作品が、もともと語学の教材として日本に導入されたことを思い起こす必要がある。

明治二九年から三六年にかけて東京帝国大学で教え、英文学を学ぶ学生たちに大きな影響を与えたラフカディオ・ハーン（Lafcadio Hearn）の見解も見落とせない。ハーンは、ホーソーンのロマンスの中で特に注目すべきものとして『大理石の牧神』と『ブライズデイル・ロマンス』と『緋文字』を挙げ、その中で『大理石の牧神』だけを読むように勧めているが、『緋文字』に関しては「或妙な理由で、極めて人氣のある書物だが、――これまでの書物のうちで最も陰氣な物である[6]」としか言わず、作品が陰気になったのは、この作家に道徳感があり過ぎたためと考える。そして、ホーソーンとピューリタニズムの関係については、「正しく清教徒ではなかったが、たしかにかれは清教徒の祖先から、彼の著作と彼の一生にしみ込んで居る峻嚴なる道徳感と道徳的敏感を遺傳した[7]」と説明する。

牧師で思想家の富永蒼江によって『緋文字』が訳され初めて一般読者に提供されたのは、渋江がこれを紹介して一二年後の明治三六年である。[8] 富永は *The Scarlet Letter* を初めて『緋文字』と訳し、三人目と四人目の翻訳者が異なる邦題としたのを除けば、今日に至るまでこの表題を定着させた。奥付を見ると、同年一一月六日、東文館発行で、体裁は四六版、本文二四九頁、黒字の表紙に『緋文字』の邦題が上部に白抜き右横書きに印刷され、中央に大きな赤いA文字が配されている。そして扉を開くと、スティーヴン・ショフ（Stephen Alonzo Schoff）によるものと考えられる晩年のホーソーンの肖像（エッチング）が出ている。

この訳に「税関」は入っていないが、富永は「小引」でこの序文に言及し、著者がセイラムの税関に勤務していたとき、ヘスター・プリンの言行が詳記された古文書と赤布で作ったA文字を発見して、「此の材料を経緯とし、之に自己の想像を潤色して此の著を作せるなり」と、一応の説明は付けている。本文の方は、第一回「獄《ひとや》の前」に始まり、最終回が第二四回「結果」で終わるが、奇妙なことに第三回「認知《みしり》」の後にくる「會見」が再び第三回とされ、これに第四回「針仕事」が続く。更にまた、第一二回「牧師の通夜」の後が再び第一二回「希士帖《ヘステル》について」とされ、この後に第一四回「希士帖と醫士」

が続くのである。鈴木氏も指摘するように、このような単純ミスは出版社の責任で訂正されてしかるべきであったと思う。(9) ちなみに、原作の章立てと較べると、富永訳では原作の第四章 “The Interview” が第三回「會見」となっていて、第六章 “Pearl” が第五回「眞珠」と原作にない第六回「誰が子」の二つに分かれている。主な登場人物の名前は当て字で表記されていてルビが振られ、ヘスター・プリンが「希士帖弗蘭《ヘステルプリン》」、アーサー・ディムズデイルが「亜撒田墨底《アルサルデンメスデール》」、ロジャー・チリングワースが「老日知輪没《ロージヨルチリングヲルス》」、パールが「眞珠古《ますこ》」、ジョン・ウィルソンが「慈温維遜《ジヨンウイルソン》」、ヒビンズが「必賓《ヒツビンス》」、ベリンガムが「伯林俄《ベルリンガム》」とある。

江口忠八は富永の訳書が「当時の読書界からどんな評価をうけ、又どんなに普及していたかを、今たやすく知りえないのが惜しい。が、当時としてはかなり歓迎されたものと推察される(10)」と述懐するが、富永訳『緋文字』に対して出版直後、さっそく書評が一つ、紹介文が二つ出ている。書評が出たのは同年一二月発行の『帝國文學』第九巻第一二号の批評欄だが、匿名の評者は作品の時代背景に関して「作中の事はボストン創立の當年に属す」と間違った説明をし、原作が「ナザニエル、ホーソーンが傑作にして且十九世紀小説界の傑作」で、「戀愛談の後日物語とも見るべき一種悲痛の心理小説」であると紹介した後、富永の翻訳については「一讀するに及び又少なからぬ遺憾を感せずんばあらざるなり」と断じて、大きな失望を表す。そして、「今この譯書を取りて原書と對照するに、全篇殆ど意譯の如く然も往々緊要痛切なる辭句を不注意にも脱却し或は間々誤譯さへも交はれるを見て其粗漏を嘆惜せざるを得さるなり」と述べて、誤訳を何か所か指摘する。富永自身、「小引」の中で「終に其の意味を解する能はざるべく思はるゝ節甚だ多し」と述べていて、その訳に誤りや省略があることは確かだが、評者はまた、「數へ来れば見遁しがたき誤譯不注意、比々概ねかくの如し。然してかばかり痛切を要すべき文字更に一點の熱なく、平々凡々新聞紙の三面の如し」とか、「佛作つて魂入れずの感」があるなどと手厳しい意見を呈し、そしてまた、「江湖に對する本書一切の責任は全く発行者の責任なりとす」という発行者の断り書きに対しても、「譯文に關して發行者何の加はる所ぞ、これ畢竟ノンセンスのみ」と、断じるのみである。ちなみに、富永は民友社からジョージ・エリオット（George Eliot）の『ロモラ』（*Romola*, 1863）の梗概訳『雪崩と白百合』を出しているが、明治三五年六月発行の『帝國文學』第八巻第六号の批評欄で、この訳が「梗概的小著としては十分に成効せる者と評すべし。吾人は此著によりて如何に巨然たる小説も、其の梗概を記す小冊子に収縮に得るを學べり」と、極めて好意的に紹介されているのと対照的である。土岐善麿によれば、「一時、明治四十二三年頃、海外文藝紹介の盛んな氣運に際して、誤譯指摘といふ一種の現象が起った[11]」というから、『緋文字』に対する厳しい批評は「誤訳指摘時代」に先んじたものと言えるかもしれない。

続いて明治三六年一二月一七日発行の『福音新報』第四四二号は、「新刊書籍」欄で富永訳『緋文字』を紹介して、「是れ我が福音新報に於て其の前半を譯載せるものなり、讀者は既に如何に譯文の忠實にして而も高尚なるを知れるならん、今ま《(ママ)》全篇を譯し了りて一冊となす我社は此に贅言せざるべきが只だ尠かる小説の我が讀書界に歓迎されれん事を希望して止まざるものとす」と書き、更に同号の「新刊廣告」欄で、「そも罪の歸する處個人か將た社會か、名作『緋文字』（スカァレト、レタア）は、即ち之が解釋を試みたる英文學界唯一の心理小説なり、而して譯者は嘗て難文『ロモラ』を譯して其妙腕を稱せられたる蕃江君、別に贅せず、聞くホーソルン之を草するに蓄り、涙潜然幾度か稿を濕ほせりと、然れば、字々當れ涙、句々之れ涙、涙なき者をして、一讀慄然悲之味はしむべく、涙多き者には以て無上の慰を與ふべく、併て英文學者の好指針たるべし」と紹介する。二つとも驚くほど感情的な紹介文だが、『帝國文學』の書評とは対照的である。

ところで、『福音新報』の「新刊書籍」欄に「是れ我が福音新報に於て其の前半を譯載せるものなり」とあるように、東文館から『緋文字』の全訳が発行される前に、実は富永によってこの作品の一部が訳され、『福音新報』に連載されていたのである。[12] 明治三六年二月一二日発行の『福音新報』第三九八号に「ホーソルン著『スカーレット、レッタア』の翻譯」、『緋文字』第一回「獄の前」（原書の第一章 The Prison-Door）が掲載されたのが最初で、同年六月四日発行第四一四号掲載の第一四回「心の負債」（原書第一六章 A Forest Walk の途中まで）に至るまでの計一四回分の連載がこれである。この部分訳と東文館発行の全訳とを較べると、回の表題が違っていたり、原書からの取り込み方や訳自体が異なっているところがあったりするが、半分強は同一訳である。富永が、これからがクライマックスというところで何故『緋文字』の連載を打ち切ったのか不明だが、想像するところ、同年一一月に東文館から全訳を刊行する計画があったからかもしれない。いずれにしても、明治三六年一一月、東文館から全訳が出る前に、たとえ一部分にしても『福音新報』の読者は『緋文字』を読んでいたことになる。

ここで重要なことは、『緋文字』の部分訳が『福音新報』に連載されたことと、『緋文字』を訳したのが牧師の富永であったことである。神学者・植村正久によって発刊され、当時のキリスト教言論界に指導的な役割を果たしたのがこの『福音新報』だが、富永は、大分県佐伯の鶴谷学館に在学中、教師として赴任した国木田独歩の影響を受け、明治二七年、独歩に伴われて上京し、植村の下で神学を学んでいる。スイントンの *Studies in English Literature* 第三一章に『緋文字』の"The Prison-Door"と"The Market Place"が掲載されていることから、鈴木氏が推測するように、[13]富永が初めて『緋文字』に接したのは、鶴谷学館時代に独歩が英語教材として使った可能性があるこの教科書を通してであったかもしれない。

明治期における欧米文化の導入を考えるとき、決して閑却できないのがキリスト教との関わりである。この時期、西洋文化の導入に大きく関わったのは、福沢諭吉など少数の者を除けば、内村鑑三にしても、植村正久にしても、大島正健にしても、多くの者がキリスト教関係者であった。福原麟太郎が言うように、「日本の英文学、殊にこの時代の英文学は、キリスト教と関連して眺める必要があると思う。[14]」明治の一般読者に初めてホーソーンという作家を紹介したのも、明治七年に洗礼を受けた啓蒙思想家・中村正直であったし、明治二二年、『女學雜誌』第一四三号、一四四号に、ホーソーンの短編の最初の邦訳

「夢ならぬ夢」（“David Swan”）を発表したのも、内村鑑三をして「耶蘇坊主」[15]と言わせた湖川漁夫こと大島正健であった。引き続き大島は、この雑誌に「心の浮画」（“Fancy's Show Box”）、「新天路歴程」（“The Celestial Rail-road”）、「腹中の蛇」（“Egotism; or, The Bosom-Serpent”）、「黒頭巾」（“The Minister's Black Veil”）を発表するが、そもそも『女學雜誌』そのものがわが国の女性の啓蒙を目的として、プロテスタント・キリスト教の理念に基づき巌本善治によって創刊されたものであったことを思い起こす必要がある。そしてまた、明治二五年、“The Village Uncle”（「漁翁」）と“The Gray Champion”（「白髯武者」）を邦訳した宮崎湖処子も、二人目と四人目の『緋文字』の翻訳者もまたキリスト教関係者であった。

富永がこの作品を訳したのも、やはり彼がキリスト教徒で、しかも牧師であったことと切り離して考えることは出来ない。では、富永が『緋文字』を邦訳した目的は何か。「小引」を読むと、富永は『緋文字』を書いたホーソーンの血管に「清教徒の血の沸れる」のを感じ、この作家に「敬虔にして神を畏れ」るところがあると考えて、「之がために譯して邦人に傳ふる」ことにしたことが分かる。富永は、主著『基督教の根本問題』（警醒社書店、大正三年）の中で罪を論じて、「罪の事實は人類の著しく又最も恐るべき現象なり。人苟も良心あらば、罪の事實を思はずして已むことを得ず」とか、「然れども罪が自己に及ぼす結果は其の結果の最も恐ろしきものなり」などと書いているが、プロテスタントの牧師・富永にとって、姦淫という罪の結果を描いた『緋文字』は、一般読者に提供すべき恰好の啓蒙的題材となったのである。

富永の『緋文字』が出た翌明治三七年はホーソーン生後百年目に当たったが、同年一二月に発行された『帝國文學』第一〇巻第一二号の「雜報」欄には、ホーソーン生誕百年を記念する記事が掲載されている。執筆者は、「野の人」こと斎藤信策で高山樗牛の実弟だが、斎藤はこの中でホーソーンを「十九世紀のハムレット」に譬え、この作家が「赤裸々たる人の如何に弱きものなることかを見」て『緋文字』と『七破風の家』を書いたと説明する。翌年、西村渚山が『中學世界』増刊号第八巻第一二号『世界三十六文豪』（博文館、明治三八年九月）で「ナザニエル・ホーソルン」を「時代批評家の一人」と紹介し、「彼の最大傑作」で「人生の『苦悶』を描いた小説」として『スカアレット、レター』に言及する。そして、その二年後、浅野和三郎が『英國文學史』（大日本図書、明治四〇年）の中で『スカァーレット・レッター』を取り上げ、この作品が「通常ホーソルンの最大傑作を以て推重」される理由の一つに「男女の姦通罪をとりて材となし」たことを挙げ、更にモーパッサンのような作家なら姦通の行為を描くのに全力を尽くすところを、ホーソーンが「此野卑なる點は全然放擲し去」ったことを評価しているのが面白い。

明治四一年三月、『白金學報』第一四号に掲載された瀬川四郎の「スカレット・レッターを讀む」は、『緋文字』に対する当時の受け取り方を代表する興味ある論文である。瀬川は、『緋文字』が優れている点を三つ挙げて、第一は「宗教的主義の充實」であるとし、これが「此の Scarlet Letter《ママ》を通して一貫して居る眞理で、且つ全體の骨子を為していると見て差し支へあるまい」と考える。そして、ホーソーンが「清浄教徒の精神を順奉するものゝ一人である」がゆえに、自然主義作家やヨーロッパの作家なら容赦なく書いたかもしれない姦通に至るまでの経緯を書かなかったことを、浅野同様に長所として挙げている。第二の長所として「心理的描寫」が、第三の長所として全編に溢れた「彼の誠實」が挙げられるが、『緋文字』に対する瀬川の受け取り方は、基本的には富永に通底する。ちなみに、瀬川は『緋文字』の「技巧に於ける失敗」として、第一に「クドイ事」、第二に「誇張」を挙げている。翌明治四二年、島村瀧太郎（抱月）は『文藝百科全書』（隆文館）の中でホーソーンを取り上げ、この作家が「ニューイングランド清教旨義の最完全な透徹した解釋者で……一面清教徒の子孫として其傳来の性情を傳へたと共に、他面舊信仰に對する新代の人の反動的氣勢を代表する」と述べて、ピューリタニズムに対するホーソーンの二面性を指摘し、「一八五〇年有名な長編小説『緋文字《スカーレットレタア》』（The Scarlet Letter《（ママ）》）を出すに及んで、作者の思想は一轉歩を示した」と解説する。

　大正六年、日本基督教興文協会より佐藤清が富永と同じ『緋文字』の題名で、本邦第二の翻訳を出す。佐藤もまた、明治三三年、仙台のバプテスト教会で洗礼を受けたキリスト教徒で、この小説を解釈する上でピューリタニズムを重視する。佐藤は邦訳の「はしがき」の中で、サッカレー、ディケンズ、ジョージ・エリオットに『緋文字』の作家を加えて「英語を以て書いた近代の四大小説家」とし、更にホーソーンを「十九世紀のジョン・バンヤン」に譬えているが、もともとこの翻訳を刊行した基督教興文協会の事業目的そのものが、「日本の基督信徒及び未だ基督教を信ぜざる人々の需要に適したる基督教文学の著作及頒布」にあったことに留意すべきだろう。いずれにしても佐藤の場合も、富永同様、『緋文字』は「基督教文学の著作」として訳され、頒布されたのである。

三人目の翻訳者・神芳郎は、大正一二年、この小説を『スカーレット・レター』の邦題の下に精華堂書店から出版する。神は序の中でホーソーンを絶賛し、「その文體簡浄素朴で一點の脂粉の痕もなく、宛ら美しい信女が齊戒沐浴、白装束をつけて神前に額づくやうであるといはれて居る」などと述べ、「これは、彼がその祖先の清教徒的精神をうけて極めて敬虔な、また純真な情操を保持して居たせいで、何れの作にも常に宗教的色彩の浸潤して居るのは全くこの情念の躍動に外ならないのである」と、佐藤同様に、この作品を大きく清教徒精神と結びつける。そして、神もまた「ホーソンの精妙なる心理解剖を評価し、「スカレットレターは一言にして言へば道徳上の罪が、それに関係したすべての人々の精神上及び肉体上に如何に作用し、如何なる變化を及ぼすものであるかを説いたものである」と述べ、この作品をホーソーンの最高傑作に位置づけている。ちなみに、神の邦訳にも、扉を開くとショフのものと思われるホーソーンのエッチングが出ている。

続いて昭和二年、馬場孤蝶が『緋の文字』の邦題の下に国民文庫刊行会より四番目の翻訳を出すが、馬場もまたキリスト教関係者である。(16) 序文を読むと、『ファンショー』の出版年が一八二六年となっているなどの問題はあるが、馬場も「此の作がホオソオンの作物としては最も重んずべきものと見做されてゐることは勿論である」と『緋文字』を評価し、この作品を読んで「女の愛の強き力」に最も心を惹かれたと言って、「制度法規の如き人為的の手段」をもってしても人間的本能に基づく愛を阻止することは出来ないと述べる。ここで初めて「女の愛の強き力」が注目されたと言ってよいかもしれない。そしてまた、馬場は「餘り軽い言葉使ひを用ひては、原文の氣分を損ふことは明白」であると考えて、富永同様に訳文は「少々堅苦しい文体」にし、「會話の言葉の如きも、日本語としその寫實的なものにはしないで置いた」と説明するが、馬場と神の訳を較べると、昭和二年の馬場訳の方が大正一二年の神訳より少し堅苦しい文体になっていることが分かる。

ところで、馬場の『緋の文字』は、前半に翻訳、後半に原文が掲載されるという一種の対訳の体裁を取っているが、この訳で初めて「税関」が訳出されたことは注目すべきである。『緋文字』のユニークな序文がどう扱われているかを見ることは、この作品の受容の軌跡をたどる上で、一つの大きな手掛かりとなる。そこで、最後に「税関」を手掛かりに、この後の邦訳を通観すると、馬場に続いて、昭和四年、福原麟太郎が再び富永、佐藤同様『緋文字』の邦題の下に、新潮社から世界文学全集第一一巻『ポオ傑作集・緋文字其他』として五番目の邦訳を出すが、福原の訳には「税関」がない。解説の中で、福原は「税関」を訳出しなかった理由について、「この序文なるものは、英文學の學生でも餘程進んだ人々でなければ、その面白味が分からない位、澁くて退屈なものである。私は新潮社の當事者と相談の上之を省いたのであるが、研究社英文學叢書の『緋文字』などでも之はテクストの中に入れない。（英吉利のエッセイの澁味と、滋味とを愛する人は、原文でこれを味はれる事をおすゝめする。我慢して讀めば、かなりさういふ意味で趣のあるものである)」と説明する。福原は、この後、昭和二七年八月から二九年四月にかけて『英語青年』に「税関」の対訳を連載しているが、その目的は恐らく「英吉利のエッセイの澁味と、滋味」を提供するためであったと考えてよいだろう。「税関」に対する福原の基本的態度は、しばらくその後の翻訳者に受け継がれていくが、同様の受け取り方が見られるのは翻訳だけではない。福原も言うように、例えば、大正一一年出版の研究社英文学叢書 *The Scarlet Letter* の前置きで、深澤由次郎は「税関」が「Boston《ママ》税關内の事を書いたもの」とした上で、「五十頁以上にも上り、且つ、本書と餘り密接な關係がないので本叢書には省くことにした」と述べ、そしてドナルド・リッチー(Donald Richie) は *Eight American Authors* (1956) の中で、「ついでに言えば、この序文は小説とほとんど関係がなく、それ自体あまり面白くない。読むにしても、小説を読み終えた後で読むべきである[17]」と言い切っている。リッチーの見解は、それまでの「税関」論を代表する最たるものと言えるだろう。

　昭和二年、「税関」が馬場孤蝶訳『緋の文字』に収録された後、再びこれが登場するのは、二一年後の昭和二三年、世界文学社発行の村上至孝訳『緋文字』においてである。福原が「税関」に「英吉利のエッセイの澁味と、滋味」を認めたように、村上も「あとがき」の中で、「ラムのエッセイに比肩する名文との定評がある」と「税関」を評価し、「同じことならば完譯をという編集部と譯者との希望が一致して、本書には原著そのままこの『序文』をも含めた」と説明する。だが、「場合により讀者は、さきに本文全篇を通讀し、そのあとでこの『序文』に復られてもよい」と付け加えているから、村上がこのユニークな序文を本文とあまり関係のない、独立したものと考えたことは確かである。

この後、現在に至るまでの邦訳を通観すると、昭和二七年初版発行の角川文庫版の福原訳に、少なくとも昭和三二年発行第一一版から「税関」が入るようになり[18]、更に、昭和二八年、創人社版の泉春夫訳にこれが登場した後、太田三郎が昭和三四年、それまで「税関」のなかった河出文庫版にこれを加え世界文学全集に入れて河出書房新社から刊行し、同年、平凡社より福原が、四二年、旺文社より刈田元司が、四六年、中央公論社より工藤昭雄が、そして平成四年、岩波書店より八木敏雄が、それぞれ「税関」入りの『緋文字』を刊行している。このように、福原、太田など後から「税関」を加えたが、「税関」の有無について言えば、遅い時期に刊行された邦訳ほどこの序文を入れていることが分かる。つまり、最初のころ「税関」は本文とあまり関係のない読み物とされていたのが、次第に本文と切り離せない重要なものと評価されるようになったと考えることが出来るのである。ちなみに、八木氏は、『緋文字』に付けた解説の中で、自伝と見えた「税関」は次第に風刺文学になり、「『緋文字』というフィクションについてのフィクション、つまりメタフィクションになってくる」と分析し、「もし〈税関〉がなかったら、『緋文字』はいまあるがままの『緋文字』ではなかったはずである」と考える。ホーソーン自身、この「序文」が前代未聞の騒ぎを引き起こしたことを百も承知の上で、第二版の序で、これを一語も変更せずに敢えて公表することにしたと公言しているだけに、「税関」に対して大きな注意が払われてしかるべきであることは言うまでもない。[19]

注

(1) 作品の翻訳件数に関しては、Fumio Ano, "Hawthorne Studies in Japan," C.E. Frazer Clark, Jr., ed., *The Nathaniel Hawthorne Journal 1975* (Colorado: Microcard Editions Books, 1975), 264-69を、特に明治期については、Fumio Ano, Frederic A. Sharf, and David Cody. *Nathaniel Hawthorne: The Introduction of an American Author's Work into Japan* (Salem, Massachusetts: The Peabody Essex Museum, 1993), 268-95を参照のこと。

(2) 幕末および明治期の英語教科書に関しては、『日本の英学一〇〇年・明治編』(研究社出版、一九六八年)に収録された池田哲郎の「英語教科書」を参照のこと。

(3) 『西洋品行論』の毛筆による訳稿が、東北大学附属図書館狩野文庫に所蔵されている。ただし、原稿には「ナサニール。荷宗《ホウソーン》」と記されている。阿野文朗「シリーズ貴重図書——中村正直訳『西國立志編』、『西洋品行論』『自由之理』をめぐって」、東北大学附属図書館報『木這子』第二〇巻第三号(平成七年一二月)を参照のこと。

(4) James, *Hawthorne* (1879. New York: Great Seal Books, 1956), 87.

(5) 明治期に出版されたホーソーン関係の文献を調べるにあたり、『比較文学』第一一号(一九六八年一〇月)に掲載された佐藤孝己「日本におけるホーソーン文献」に負うところが大であった。ここに紙面を借りて感謝の意を表したい。

(6) 『小泉八雲全集』第一二巻(第一書房、昭和六年)、五〇七頁。

(7) 『小泉八雲全集』第一二巻、四九七頁。

（8）坂本重武は、その著『ホーソーンの文学』（泰文堂、昭和四三年）の中で、これより一年早い明治三五年刊行の内田貢による邦訳を挙げているが、鈴木進氏も指摘するように、内田訳は出版されなかったと考えてよいだろう。鈴木進「*THE SCARLET LETTER*，日本における最初の翻訳『緋文字』と富永蕃江」、湘南国際女子短期大学紀要第七号（平成一二年二月）五九頁を参照のこと。

（9）鈴木「*THE SCARLET LETTER*…… と富永蕃江」、六八頁。

（10）林検治編『富永徳磨先生記念文集』（富永会、昭和三〇年）、一六八頁。

（11）土岐善麿『文藝の話』（朝日新聞社、昭和四年）、二二七頁。

（12）鈴木「*THE SCARLET LETTER*…… と富永蕃江」でこのことを知った。鈴木氏の論文を知ったのは佐藤孝己氏によってであったが、ここに紙面を借りて両氏に感謝の意を表したい。

（13）鈴木「*THE SCARLET LETTER*…… と富永蕃江」、六二頁。

（14）福原麟太郎『日本の英語』（研究社出版、昭和三三年）、三六〜三七頁。

（15）『内村鑑三全集』第三巻（岩波書店、昭和五七年）、一八頁。

（16）『日本キリスト教歴史大事典』（教文館、一九八八年）によれば、馬場は『文学界』時代に、自らをキリスト教につながりを持つ者として意識しているが、馬場の情熱的・空想的・理想主義的傾向を持つ浪漫主義の根底には、キリスト教的ピューリタニズムがあると考えられている。

（17）Donald Richie, *Eight American Authors*（研究社出版、昭和三一年）、一六頁。

（18）筆者は、昭和三二年発行の角川文庫『緋文字』第一一版でこれを確認した。これ以前に収録された可能性もあると考え、出版社に問い合わせたが記録がなかった。

（19）「税関」に関する筆者の意見は、阿野文朗「特集『緋文字』――セイラムの〈税関〉を通って再生へ」、『英語青年』第一四六巻、第三号（平成一二年六月）を参照のこと。

参考資料

阿野文朗「シリーズ貴重図書――中村正直訳『西國立志編』、『西洋品行論』、『自由之理』をめぐって」、東北大学附属図書館報『木這子』第二〇巻第三号、平成七年一二月。

阿野文朗編著『アメリカ文化のホログラム』松柏社、一九九九年。

佐藤孝己「日本におけるホーソーン文献」、『比較文学』第一一号、一九六八年一〇月。

――――「ホーソーン」、『欧米作家と日本近代文学・英米篇I』教育出版センター、昭和四九年。

佐渡谷重信「ホーソーンと明治時代」、西南学院大学『英語英文学論集』第六巻第一・第二合併号・坂本重武教授華甲記念号、昭和四一年三月。

鈴木進「*THE SCARLET LETTER*, 日本における最初の翻訳『緋文字』と富永蕃江」、湘南国際女子短期大学紀要第七号、平成一二年二月。

土居光知他監修『日本の英学一〇〇年・明治編』研究社出版、一九六八年。

西前孝『記号の氾濫――ナサニエル・ホーソーン「緋文字」を読む』旺史社、一九九六年。

林検治編『富永徳磨先生記念文集』富永会、昭和三〇年。

福原麟太郎『日本の英語』研究社出版、昭和三三年。

吉武好孝『明治・大正の翻訳史』研究社出版、昭和三四年。

特集「『緋文字』――さまざまな再生」、『英語青年』第一四六巻第三号、平成一二年六月。

Ano, Fumio, "Hawthorne Studies in Japan," C.E. Frazer Clark, Jr., ed., *The Nathaniel Hawthorne Journal 1975*. Colorado: Microcard Editions Books, 1975.

――――, Frederic A. Sharf, and David Cody. *Nathaniel Hawthorne: The Introduction of an American Author's Work into Japan*. Salem, Massachusetts: The PeabodyEssex Museum, 1993.

あとがき

西暦二〇〇〇年は、「アメリカ・ルネサンス」を代表する作家の一人、ナサニエル・ホーソーンの『緋文字』一五〇周年に当たり、この名作が読みつがれてきたわが国でも、それを記念する様々な企画が試みられている。わが国のホーソーン研究者たちを擁する日本ナサニエル・ホーソーン協会でも、その全国大会で『緋文字』を読み直すシンポジウムが開かれ、また、その会員たちの総力を結集した記念論文集の出版にむけて、刊行委員会が設立され、『緋文字』を多角的に論ずる論文の投稿を会員たちに呼びかけ、この記念すべき年までにわが国における『緋文字』研究の到達し得たレベルを内外に示すことにした。

そのようにして寄稿された論文は、刊行委員会の委員たちの間で慎重に査読され、その査読をふまえた討議を重ねて、選びぬかれた九篇の論文を集めたものが本書、記念論文集である。

刊行委員会としては、多年にわたる『緋文字』の先行研究の成果を充分に見極めた上で、その成果を越えた新しい視点による『緋文字』の読み直しと、日本人ならではの論理と感性を発揮した論文や、

『緋文字』の続編とも言うべき現代作品を論じた論文、また、わが国における『緋文字』の受容の歴史に関する論考も加えたいと考えた。

その結果、本書に納められている論考は、伝統的な『緋文字』論を敷衍したり、従来、見落とされていたテーマを掘り起こしたり、ユニークな仮説を立てて、そのもとで新しく見えてくる『緋文字』の一面、『緋文字』の謎や、その映像性を論じたものなど、多彩な内容となっている。さらに、『緋文字』の受容の歴史に関する論考では、資料の発掘と、殆ど知られていなかった事実の解明など、わが国の文化に『緋文字』が及ぼした影響の大きさを物語る情報が紹介されている。

この『緋文字』一五〇周年記念論文集は、単なる記念行事のひとつ、いわば記念碑のごときものとして終わるのではなく『緋文字』研究の新しい地平をひらく出発点ともなることを、刊行委員会としては願っている。大方の忌憚のないご批判を期待して已まない。

二〇〇一年九月一日

『緋文字』一五〇周年記念論文集
刊行委員会　委員長　斎藤忠利

執筆者紹介及び論文の英語タイトル（執筆順）

青山義孝（甲南大学教授）Aoyama, Yoshitaka, "A Rumor of Heaven: *The Scarlet Letter*/ A Love Story."

入子文子（関西大学教授）Iriko, Fumiko, "Hester Wanders: A New Development in Renaissance Thought."

荒木純子（武蔵大学非常勤講師）Araki, Junko, "Historicizing Good Wives: From Anne Hutchinson to Hester Prynne."

成田雅彦（専修大学助教授）Narita, Masahiko, "*The Scarlet Letter* and the Birth of a Father."

高尾直知（東京学芸大学助教授）Takao, Naotomo, "'Who Made Thee?'": The Meaning of the Monstrous Birth in *The Scarlet Letter.*"

島田太郎（昭和女子大学教授・東京大学名誉教授）Shimada, Taro, "The Custom House Revisited: Notes on Hawthorne's Ambivalence in *The Scarlet Letter.*"

柴田元幸（東京大学教授）Shibata, Motoyuki, "Dimmesdale, Hester and Pearl in the Twentieth Century: Three Retellings of *The Scarlet Letter.*"

西谷拓哉（神戸大学助教授）Nishitani, Takuya, "Hawthorne's Cinematic Imagination in *The Scarlet*

Letter."

阿野文朗（仙台白百合女子大学教授・東北大学名誉教授）Ano, Fumio, "The Acceptance of *The Scarlet Letter* in Japan."

斎藤忠利（日本大学非常勤講師・一橋大学名誉教授）Saito, Tadatoshi, "Afterword."

索　引

＊ホーソーン、『緋文字』、及び『緋文字』の主要な4人の登場人物、ヘスター、ディムズデイル、チリングワース、パールはあまりにも頻出するので省略した。ただしホーソーンの他の作品及びその登場人物は、ホーソーンという項目の下に載せた。『緋文字』に端役として登場する人物の名前も記してある。

ア 行

アーリッヒ Gloria C. Erlich 88
浅野和三郎『英國文学史』 175
アップダイク John Updike 130
アビー Edwin Abbey 112, 127
アリストテレス Aristotle 32, 37, 95
アルカーナ J. Alkana, 86
アレゴリー allegory 123, 157
アンティノミアン（アンティノミアニズム）Antinomian 54-55, 58, 64, 68, 84, 94-95, 97, 102
アンデルセン Hans Christian Andersen 117
　『即興詩人』*Improvisatoren* 117
泉春夫 163, 180
巖本善治 174
ヴィーナス Venus 22
ウィリアムズ Roger Williams 113
ウィルソン Dudley Wilson 95
ウィルソン J. Dover Wilson 36
ウィンスロップ John Winthrop 56-57, 60, 66, 85, 94-95
　『日誌』*Journal* 42-45, 56
植村正久 173
ヴェーバー Max Weber 125
　『プロテスタンティズムの倫理と資本主義の精神』*Die protestantische Ethik und der Geist des Kapitalismus* 125
ウエブスター Webster 33
ウォレス James Wallace 92
内村鑑三 173-4
『英語青年』 179
エイデル Leon Edel 146-7, 151, 153
エイブラムズ M. H. Abrams 1
江口忠八 170
エマソン Ralph Waldo Emerson 12-13, 71, 88
　『自然』*Nature* 12
エリオット George Eliot 135
　『ミドルマーチ』*Middlemarch*

135
『ロモラ』*Romola*　171-72
大井浩二　163
大島正健　173-74
オースター Paul Auster　129
『幽霊たち』*Ghosts*　129-130
太田三郎　163, 180
大橋健三郎　163
大和田建樹『英米文人傳』　168
小津次郎　163

カ 行

カーディナル cardinal　97
回心　16-17
片上天弦「文藝批評と人生批評」　167
刈田元司　163, 180
カトリック Catholicism　29, 83
カルヴィン（カルヴィニズム） John Calvin, Calvinism　15, 18, 81
キーツ John Keats　33
教義問答書 catechism　92
クーパー J. F. Cooper　117
The Last of the Mohicans『モヒカン族の最後の者』　117
国木田独歩　173
工藤昭雄　163, 180
グルーズ J-B. Greuze　117
ケセリング M. L. Kesserling　42
幸運な堕落 the fortunate fall　23
孤児　71
コットン John Cotton　47, 56
コラカーチオ M. Colacurcio　53-54, 94
混血児　99-100

サ 行

佐藤孝巳　181
佐藤清　163, 167, 176
最後の審判 The Last Judgment　6
斎藤野の人（信策）　175
坂本重武　182
シェイクスピア Shakespeare　33
『ハムレット』*Hamlet*　36
『ジェーン・エア』*Jane Eyre*　142
ジェイムズ Henry James　73, 153, 155, 159, 166
刺繍（針仕事）　31, 59-62
私生児　97
渋江保　166, 167
『英國文学史』　166
島村抱月（瀧太郎）　176
シャヴァンヌ Puvis de Chavannes　117, 118
宗教改革　2, 18
宿命の女 la femme fatale　117, 126
シュレジンガー A. M.

Schlesinger, Jr. 86
象徴 symbol 123-124
召命 21
『女學雑誌』 173, 174
ショフ S. A. Schoff 169, 177
ジョンソン C. D. Johnson 31
ジョンソン Samuel Johnson 33
ジョンソン Ben Jonson 33
『白金學報』 175
神芳郎 163, 167, 177
新歴史主義 new historicism 87
『スイントンズ・リーダー』
Swinton's Reader 164
スコット Walter Scott 117
『アイヴァンホー』 *Ivanhoe* 117
スコティッシュ・コモンセンス
Scottish common sense 87
鈴木重吉 163
鈴木進 170
スタール夫人 Mme. de Staëll 117
Corinne 117
スターン Laurence Sterne 33
スタックハウス Thomas Stackhouse 45-46
『新聖書史』 *A New History of the Holy Bible* 45
ストウ Harriet B. Stowe 3, 91-94
『アンクル・トムの小屋』 *Uncle Tom's Cabin* 3, 91-94, 98, 101
『アンクル・トムの小屋への鍵』
A Key to Uncle Tom's Cabin 93
スペンサー Edmund Spenser 33
スマイルズ Samuel Smiles 164, 166
『西洋品行論』 *Character* 164, 166
『西國立志編』 *Self-Help* 166
聖餐式 holy communion 81
『聖書』 *The Bible*
経外典 Apocrypha 128
サムエル記 Samuel 128
創世記 Genesis 7, 95, 128
ヘブル書 Hebrew 22
マタイ Matthew 45
マルコ Mark 45
ルカ Luke 45
人物
ダビデ David 15
バテシバ Bathsheba 15, 127, 128
ホロフェルネス Holofernes 128
ヤコブ Jacob 95
ラケル Rachel 127, 128
ラバン Laban 95
ユディト Judith 127, 128
聖別 consecration 81
聖霊降臨節 Pentecost 120
『世界三十六文豪』 175

瀬川四郎　175-176
關一雄　166

タ 行

ターナー Arlin Turner　42
ダイア Mary Dyre　94, 104
高山樗牛　175
チェイス Richard Chase　146
『女學雑誌』　173-4
ツウィングリ Ulrich Zwingli　88
坪内逍遙（雄蔵）「小説における二勢力」　167
『文學その折々』　167
ツルゲーネフ Turgenev　88
『帝國文學』　170, 171, 172, 175
テイラー Jeremy Taylor　45
デモクリトス Demokritos　37
デューラー Albrecht Dürer　33, 35-36
動物的性質 animal nature　77, 109-110
東文館　173
土岐善麿　171
富永蕃江　163, 167, 169-175
『基督教の根本問題』　174
トルストイ Lev Tolstoi　153
トレイスター Bryce Traister　96
奴隷制度　98
ドストエフスキー Dostoyevski　88

ナ 行

中村正直　164-6, 173
『西國立志編』*Self-Help*　166
西村渚山　175
『日本英學新誌』　168
日本基督教興文協会　176
『日本の英学 100 年』　181
『ニュー・ナショナル・リーダー』 *New National Reader*　164
ノット Josiah C. Nott　99

ハ 行

ハーツォグ K. Herzog　27, 31
ハーディ Thomas Hardy　146-148
『帰郷』*The Return of the Native*　147
バーコヴィッチ Sacvan Bercovitch　86-87
バートン Robert Burton　33-43
『憂鬱の解剖』*The Anatomy of Melancholy*　33-43
バーロー Jamie Barlowe　27
ハーン Lafcadio Hearn　168
バーンズ Charles J. Barnes 164
ハイブリディティ hybridity　98
バルザック Honoré de Balzac　151, 153
パウロ St. Paul　9
ハッチンソン Anne Hutchinson　8, 53-59, 61-62, 64-68, 84, 94,

96, 111-114
馬場孤蝶 163, 167, 177, 184
バラ 21-22, 111
針仕事→刺繍
ビグスビー Christopher Bigsby
『ヘスター』*Hester* 130, 134-137
『パール』*Pearl* 130, 136-142
ビュエル Lawrence Buell 97
ピューリタン（ピューリタニズム） Puritans, Puritanism 7, 28, 97, 169, 176
フィールディング Henry Fielding 142
フィチーノ Marsilio Ficino 32-3
フェルプス Elizabeth Stuart Phelps 3
『扉の彼方』*Beyond the Gates* 3
『開かれた扉』*The Gates Ajar* 3
深澤由次郎 167, 179
『福音新報』 171-73
福澤諭吉 173
福原麟太郎 163, 167, 173, 178-79
プラーツ Mario Praz 117
『ロマンティック・アゴニー』*The Romantic Agony* 117
フライア Judith Fryer 27
ブラッドフォード William Bradford 113
プラトニスト Platonist 9
ブレイク William Blake 3, 33
ブレナン J. X. Brennan 45-46
『文藝百科全書』 176
『米國文學大觀』 166
フローベール Gustave Flaubert 153
プロテスタンティズム Protestantism 84
ヘラクレイトス Heraclitus 37
ベイム Nina Baym 79
ベル Michael Bell 79, 85
ベルティ Eduardo Berti 129-30
『ウェイクフィールドの妻』*La Mujer de Wakefield* 129-30
ポー Edgar A. Poe 33, 71, 88
ホーソーン
作品
「痣」"The Birthmark" (1843) 10-13
『アメリカン・ノートブックス』*The American Notebooks* (1932) 33, 123, 158, 166
「イーサン・ブランド」"Ethan Brand" (1851) 48-49
「石になった男」"The Man of Adamant: An Apologue" (1837) 123
『イングリッシュ・ノートブックス』*The English Notebooks* (1941) 126-7, 149

「ウェイクフィールド」 “Wakefield”(1835) 129-130
「大きな石の顔」 “The Great Stone Face”(1850) 125, 164
「大通り」 “Main Street”(1849) 113
『お祖父さんの椅子』 *The Whole History of Grandfather's Chair* (1841) 111-113
「主に戦争について」 “Chiefly about War-matters”(1862) 106
「かかし」 “Feathertop: a Moralized Legend”(1852) 123
「漁翁」 “The Village Uncle”(1835) 174
「クリスマスの宴会」 “The Christmas Banquet” from “The Allegories of the Heart”(1844) 123
「黒頭巾」→「牧師の黒いベール」
「心の浮画」 “Fancy's Show Box”(1837) 174
『七破風の屋敷』(『七破風の家』) *The House of the Seven Gables* (1851) 49, 117, 126, 154, 163, 166, 175
「手稿の中の悪魔」 “The Devil in Manuscript”(1835) 124
「白髯武者」 “The Gray Champion”(1835) 174
「新天路歴程」 “The Celestial Railroad”(1843) 174
「人面の大岩」 →「大きな石の顔」
「税関」 ‘The Custom House’ 85, 109-110, 122-125, 169, 178, 180
『セプティミアス・フェルトン』 *Septimius Felton* (1872) 33
「大望の客」 “The Ambitious Guest”(1835) 125
『大理石の牧神』 *The Marble Faun* (1860) 31, 33-37, 115, 117, 126, 133, 163, 166, 168
『伝記物語』 *Biographical Stories* (1842) 164
「Pの手記」 “P's Correspondence”(1845) 124
『ファンショー』 *Fanshawe* (1828) 163, 177
「腹中の蛇」 “Egotism; or, the Bosom Serpent”(1843) 174
『ブライズデイル・ロマンス』 *The Blithedale Romance* (1852) 115, 117, 126, 163, 166, 168
「古い牧師館」 “The Old Manse”(1846) 123, 159
「ベンジャミン・ウェスト」 “Benjamin West” 164

「牧師の黒いベイル」“The Minister's Black Veil” (1836) 123, 174
「僕の親戚モリノー少佐」“My Kinsman, Major Molineux” (1832) 71, 156
「ムッシュー・デュ・ミロワール」“Monsieur du Mirroir” (1837) 8
「ミセス・ハッチンソン」 64, 113, 117
「ヤング・グッドマン・ブラウン」“Young Goodman Brown” (1835) 21, 156
「夢ならぬ夢」“David Swan” (1837) 174
「予言の肖像画」“The Prophetic Pictures” (1837) 124
「ラパチーニの娘」“Rappaccini's Daughter” (1844) 115
「ロジャー・マルビンの埋葬」“Roger Malvin's Burial” (1832) 71
「若いグッドマン・ブラウン」・「ヤング・グッドマン・ブラウン」

登場人物

ウィルソン牧師 Rev. John Wilson 74, 92, 100, 151, 170
エイルマー Aylmer 11
カヴァデイル Coverdale 126
カプチン僧 Capuchin 33-36
クリフォード Clifford 49
ケニヨン Kenyon 32, 126
ジョージアーナ Georgiana 10-11, 13
ゼノビア Zenobia 115-116, 126
ドナテロ Donatello 31, 126
ヒビンズ Hibbins 170
ヒルダ Hilda 117, 126
フィービー Phoebe 117, 126
フェイス Faith 21
プリシラ Priscilla 117
ベアトリーチェ Beatrice 115-116
ベリンガム総督 Governor Bellingham 61, 170
ホリングズワース Hollingsworth 126
ミリアム Miriam 32-33, 115-16, 126, 132

ポリジェネシス Polygenesis 98

マ 行

マクダネル C. McDannell 2
マシーセン F. O. Matthiessen 29
マッカラン J.T. McCullen 45-46, 48
マッコール Dan McCall 150
マルクス Karl Marx 137-38
ミケンランジェロ Michelangelo

33
宮崎湖処子 174
ミラー J. Hillis Miller 147
ミルトン John Milton 13, 33
民友社 171
村上至孝 163, 179
メール Roy Male 89
メイフラワー号 The Mayflower 106
メランコリー melancholy 29-49
メルヴィル Herman Melville 33, 71, 88, 117
『白鯨』*Moby-Dick* 88
『マーディ』*Mardi* 117
『ピエール』*Pierre* 117
メロー J.R. Mellow 88
モータリズム mortalism 13
モーパッサン Guy de Maupassant 167
モノジェネシス monogenesis 98
モンタージュ montage 147, 151-153

ヤ 行

山田美妙（武太郎） 168
『萬國人名辭書』 168
ヤング R. J. C. Young 98
ユーマンス M. Youmans 47
『ユニオン・リーダー』*Union Reader* 164
湯浅初男 167
許されざる罪 the unpardonable sin 44-48
ユング Carl Gustav Jung 117

ラ 行

ラーソン Charles R. Larson
『アーサー・ディムズデイル』*Arthur Dimmesdale* 130-134, 137
ラドウィグ Allan I. Ludwig 24
ラム Charles Lamb 33
ラング Amy S. Lang 55
ラング Bernhard Lang 2
リア David Van Leer 28
リッチー Donald Richie 179
リベラル・イデオロギー liberal ideology 87
ルーベンス Peter P. Rubens 2
ルター Martin Luther 88
レオナルド Leonardo da Vinci 33
レノルズ D. S. Reynolds 28
錬金術 29
ローエル James Russell Lowell 82
ローランドソン Mary Rolandson 60
ロッジ David Lodge 146-48
ロマンス romance 71, 73, 87-88, 131, 154-9
『早稲田文學』 167

緋文字の断層　(検印廃止)

2001年10月10日　初版発行

編　　者	斎　藤　忠　利
著作権者	日本ナサニエル・ホーソーン協会
発 行 者	安　居　洋　一
組　　版	前田印刷有限会社
印 刷 所	平　河　工　業　社
製 本 所	株式会社難波製本

〒160-0002 東京都新宿区坂町26

発行所　開文社出版株式会社

電話 03(3358)6288番・振替 00160-0-52864

ISBN4-87571-967-1 C3098